不大可能

[法] 伊夫·博纳富瓦——著　刘楠祺——译

L'Improbable

广西师范大学出版社
·桂林·

不大可能
BU DA KENENG

© Mercure de France, 1959.
The Publishers shall do whatever is necessary to protect both copyrights as they pertain to the exclusively licensed publication rights herein in its territory of distribution.
著作权合同登记号桂图登字：20-2023-025 号

图书在版编目（CIP）数据

不大可能 /（法）伊夫·博纳富瓦著；刘楠祺译. -- 桂林：广西师范大学出版社，2023.7
　ISBN 978-7-5598-6015-6

　Ⅰ. ①不… Ⅱ. ①伊… ②刘… Ⅲ. ①文艺评论－世界－文集 Ⅳ. ①I106-53

中国国家版本馆 CIP 数据核字（2023）第 080856 号

广西师范大学出版社出版发行
　广西桂林市五里店路 9 号　　邮政编码：541004
　　网址：http://www.bbtpress.com
出版人：黄轩庄
全国新华书店经销
广西民族印刷包装集团有限公司印刷
　南宁市高新区高新三路 1 号　　邮政编码：530007
开本：880 mm × 1 230 mm　1/32
印张：5.5　　　字数：90 千
2023 年 7 月第 1 版　　2023 年 7 月第 1 次印刷
印数：0 001~6 000 册　　定价：46.00 元

如发现印装质量问题，影响阅读，请与出版社发行部门联系调换。

作者自传

1923年6月24日生于图尔①。

在图尔上中学，此后在普瓦提埃②和巴黎学习数学和哲学。

1944年起定居巴黎。四处游历，特别是地中海地区和美洲地区。

从事诗歌形式与瞬间之历史的研究。

1960年起在多家大学担任客座教授。1981年起出任法兰西公学③教授。

---

① 图尔（Tours），法国中西部古城，安德尔-卢瓦尔省（Indre-et-Loire）首府，有多所高等院校。
② 普瓦提埃（Poitiers），法国中部城市，维埃纳省（Vienne）首府，旧城中有多座中世纪的教堂。
③ 法兰西公学（Le Collège de France），法国历史最悠久的学术机构，1530年由法国国王弗朗索瓦一世（François Ier, 1494—1547）创建。博纳富瓦是该公学院成立以来继保罗·瓦雷里之后第二位讲学的诗人。

我将本书献给不大可能，亦即献给存在之物。

献给某个清醒的头脑。献给否定神学①。献给渴望中的一首关于雨水、期待和清风的诗。

献给某种伟大的现实主义，它不解决问题反而恶化问题，它指明幽暗，它始终将光视为可撕裂的乌云。它关注一道高远且难以企及的光。

---

① 否定神学（théologie négative），基督教神学中主张对上帝的存在不作直接论证的研究方法。该理论认为上帝作为存在、生命及万物的根源和始因，超出了人的有限的认知能力和理解范围，因此人不可能真正或完全弄清上帝的本质及其特征；人对上帝的认识只能通过判断上帝不是什么来展开，而无法确定上帝究竟是什么。该理论否定对上帝的任何人为的界定，强调上帝本身不可触及、不可认知、不可言状、不可界说和解释。

目 录

拉文纳的墓葬　001

恶之花　026

巴尔蒂斯的创新　040

拉乌尔·乌贝克　062

文艺复兴绘画中的时间与永恒　067

一百二十一天　099

保罗·瓦雷里　113

诗的行动与场域　123

虔敬　159

译后记　163

拉文纳的墓葬①

一

许多哲学动辄奢谈死亡,我却不知哪类哲学曾经留意过墓葬。心灵会因生命而自问,却绝少就墓石有感而发,它在一排排墓碑间掉头而去,于是这些石头被再次遗弃给了遗忘。

然而,从埃及到拉文纳,再到如今,某种丧葬原则依旧在持续地规范着人类。各种文明都有其尽善尽美的葬仪,而一切完美之物在面对心灵时自有其法定的位置。人何以

---

① 《拉文纳的墓葬》(*Les tombeaux de Ravenne*)首次发表于《新文学》(*Lettres Nouvelles*)1953 年 5 月第 3 期。拉文纳(Ravenne),又译拉韦纳、腊万纳或拉温拿,意大利北部城市,古代罗马的海港,公元 5—6 世纪成为东哥特王国的都城,6—8 世纪是东罗马帝国统治意大利的中心,以保存有众多古罗马建筑特别是西罗马帝国时期的建筑遗存著称。

要在如此静寂中保留墓葬？被认为放言无忌的各种有关死亡的哲学为何不越雷池一步？既然此种探讨如此合情合理且能回应吾等之关切，却又为何逡巡不前？我疑心其中有某种想法作祟。

*此乃吾国之境*①，有一句罗马墓志铭如是说。但没有国土的祖国有何意义？这国土难道就不该划定一下边界么？

毫无疑问，是"概念"这个我们的哲学中近乎唯一的通天利器，是它在所有命题中断然拒绝死亡。我当然认为这始终是一种逃避。人生在世，必有一死，为与这宿命抗争，人便以"概念"营建起一座合乎逻辑的住所，此地唯一有效的原则，一是永恒，二是同一。该住所虽以词语建造，却亘古永存。苏格拉底在此死去而焦虑无多。海德格尔②也依旧在这座庇护所里苦思冥想——倘说我赞赏他文字中这种决定性的、让时间永生并为"存在"定位的死亡，原因无他，只是我首肯其内在的审美或知性：万物终将消弭于此。那是某个再也不是真实之对象的思想的对象，其以一种可疑的认知抚慰着原始的不安，并虚幻地弹奏着最阴郁的词语旋律来遮掩死亡。

---

① 拉丁文：*Hic est locus patriae*。
② 海德格尔（Martin Heidegger, 1889—1976），德国哲学家，20世纪存在主义哲学的创始人和主要代表人物之一。

自希腊人始，就有了这样一种思想，认为"死"不过是一种观念，借此观念，可使自身在某一永恒的统治之下——此地万物不灭——成为他人的同谋。这的确就是我们的真实：这种真实敢于定义死亡，却又想以该定义替代死亡。该定义也因此成为丹书铁券，尽管死亡依旧，但我们只需忘却其表象的暴烈，它便化作了不朽的神奇。

虽说只是暂时的不朽，却也足矣了。

此种观念犹如一剂鸦片。无论人们在评论中如何揣摩这一意象，但超乎一切伦理之上的，是我对这种概念所持的否定态度。的确，该概念中存有某种真实，对此我不拟评说。但总体上，这是一种虚幻的概念，它赋予词语以超卓的能力，诱导着思想背离万物的家园。自黑格尔以降，我们已熟知何为催眠的力量，何为某体系的暗示。我注意到，在那套结构谨严的体系思想之外，任何微小的概念都足以成为逃避的初衷。是的，所有组织有序的思想中，理想主义总是能所向披靡。不是有人曾如此隐喻：与其苟活于险境，莫若重构世界？

有无这样一种概念，它像迈进黑夜中的一步，似一声呼号，如荆棘丛中一块崩塌的墓石，若一幢空荡荡的房屋给人带来的印象？没有啊，除却适合我辈长眠的真实以外，什么东西都没有保留下来。

但我依旧怀疑墓葬是否已成为该概念不愿面对的可诅咒之物。在各式死亡观念的阳光荡涤之下，那光秃秃的石板精心封闭下的灵魂该有多么尴尬？无论镂刻其上的名字何等显赫，也无论墓志铭上所云尔尔，这些墓穴已然成为遗忘的开端。

特别是大多数墓葬上似乎还弥漫着一层迷雾，依旧在淡化甚至曲解着死亡的悖论。那近乎物质的迷雾有如飘落于墓穴之上的枯叶，仍以其喁喁细语屏蔽着喧嚣。在拉文纳，在被时光披拂的众多最朴拙的逝者墓穴之上，我们是能够触摸到这层迷雾的。

二

拉文纳的古迹俱为墓葬。从退出历史的某一刻起，这片与世长久隔绝之地便将现今不再的一切可能的墓葬方式都保存了下来。一座座圆形高塔看似无心地从一处处角落里崛起挡住去路，除了新近坍塌的部位外几乎无路可寻。深锁的寂寥中，荒凉的石棺在四下里呈现出其双重的死亡。

一座据称安葬着加拉·普拉西提阿①的陵墓，四壁高墙，尽显肃穆与哀伤，或许正是遂了逝者的遗愿吧。在马赛克镶嵌画的重压之下，教堂的墙壁仿佛向后退去，有若向被祭祀的遗骸再度关闭。倘若世上还有其他墓葬可以再现殊绝如斯的恐怖，当然非拉文纳莫属：王朝覆亡之下，唯有死亡。

然而我在此却深感惬意。那些石棺令我喜悦。在死者长眠的拱顶下和回廊里，或者在教堂的广场前，恐怕我是头一个喜欢与宣示死亡之恐怖的幽暗瞬间遭逢的人了。我走向那些空旷的墓穴，仿佛要去寻觅至简的静谧。一个密闭的空间，如果能为我们这个世界存留尽可能多的理性，或许会更令人称道；可我当时忘却了一点，那就是拉文纳另有美德。这个据称曾是柔美、忧郁和为时光所弃、半掩于尘埃中的城市，如今却是激昂和欢乐的。

我喜爱拉文纳的石棺。如果说这座城市是欢乐的，那是因为这座俯瞰墓葬的城市从中观照出了自己并深感惬意。

---

① 加拉·普拉西提阿（Galla Placidia，388—450），罗马帝国公主，狄奥多西一世皇帝（l'empreur Théodose Ier，347—395，379—395在位）的女儿，霍诺里乌斯皇帝（l'empreur Honorius，384—423，395—423在位）的妹妹，西哥特国王阿陶尔夫（le roi wisigoth Athaulf，约370—415，410—415在位）的妻子，君士坦提乌斯三世皇帝（l'empreur Constance III，约360—421，421—421在位）的皇后，瓦伦提尼安三世皇帝（l'empreur Valentinianus III，419—455，425—455在位）的母亲和摄政，在西罗马帝国的末期政治生活中曾扮演重要的角色。

但自我观照就需要有"水"这样一种幽暗且明亮的介质，于是我开始在拉文纳遍寻这一源头。对心灵而言，概念有时就像是一道可能的静谧之光，但目力所及却着实令人气馁。究竟有何种未知的法则在圣维塔莱教堂①附近维系着这富于活力的一天呢？我知道它近在咫尺——我不可能搞错——这更让人兴奋。

原来，这一法则体现在石棺的纹饰上。一块光秃秃的石头或许只会徒招烦恼，一块粗糙、零乱、崩裂的石头或许仅仅代表着空无，但拉文纳的石棺却委实令人惊叹，因为那上面雕满了纹饰，而正是这些纹饰，使得一座座石棺尽显静谧祥和。

石棺上雕刻的是拉文纳墓葬所特有的玫瑰结和叶漩涡纹饰，至少在花边和网状的交织花纹中是如此，乍看其美，着实不可言状。依我说，正是这种纹饰具有一种抚慰和诱惑的力量，它呼唤着目光，并让目光停留在大理石的空洞或凹凸有致当中：通过纹饰图案的跌宕起伏，它将脆弱的生命赋予自身；它是纯净的水流和明快的装饰之间的媒介，是一种肃穆的"静"和隐秘的"动"，令再大的悲苦

---

① 圣维塔莱教堂（la basilique Saint-Vital），拉文纳具拜占庭艺术风格的建筑之一，建于公元6世纪，特别是大教堂内的6世纪镶嵌画最为著名，1996年被列入世界文化遗产。

也能释然并归于平静。

我曾经描过一幅图样用来阐释这种纹饰。后来我把这幅图样送了人。因为清晰如斯的形式无须再去费神证实。

我对纹饰与概念进行过比较。概念可以否定死亡,因为死亡同样是逃避抽象之物。概念在"逻辑谨严"的思维中修成正果,其体系则为针对死亡而构筑的堤坝。

我相信那些纹饰也在探求着某种一般概念。大理石上镌刻的鸟的形象对其模型而言就像是概念对物体一样,是一种本质仅存的抽象,是对其曾经之存在的一次永恒的诀别。看看石棺四周雕刻的那些但以理、拉撒路和约拿[①]的场景吧——就仿佛有一阵风攫住了那些面孔,如今,它们不过是图像宇宙中的某些符征。不错,正是这种纹饰保护着拉撒路,使其免遭尸身腐败之苦,正如大网眼的渔网一任死亡穿行。

纹饰是一个封闭的世界。我由此又联想到,如果创作就是放弃自身,也就不存在什么装饰作品,而无非是一些

---

① 但以理(Daniel),又译作达尼尔,圣经中的四大先知之一,《旧约·但以理书》的作者。拉撒路(Lazare),圣经中患病的人,死后四天在耶稣的呼唤声中复活。典出《新约·约翰福音》第十一章。约拿(Jonas),又译作约纳,圣经中的十二小先知之一,《旧约·约拿书》的作者。

简单的逢场作戏而已。概念就是如此被创造出来的，其永无终结的游戏便成了营建出的体系。这种纹饰体系与其上千种纹饰，与其棕榈纹、叶漩涡纹饰浑然天成……

这一概念试图营建出那种没有死亡的真实。它希冀死亡最终不再"真实"。我确信，这种纹饰就是想为我们营造出一处没有死亡的住所，使得死亡最终不会在"此地"现身。

但这并未将石头考虑在内。石头是纹饰的依附之本，并在感性世界中保持着其普遍的奇特性。

当我们靠近这种奇特性时，领受到的快乐是至为狂热、至为纯粹的。这是对死亡的半遗忘和对逻辑上的一致性的些许满足，实际上是在要求过于伤感的理性对这种快乐及其近乎神圣的本质做出解释。如果说纹饰是一处住所，那么，当这一住所处于所有真实的顶点时，怎样才能最终萃取出一个抽象的事物呢？

在拉文纳，有一个纹饰图案家喻户晓，或许也是最美的，至少其意义最为重大——它表现的是两只孔雀，立姿，相对，线条夸张而简洁，它们在同一只圣餐杯中饮水，或啄着同一株葡萄藤。在那些与大理石缕缕相勾、缠绕交织的神奇纹饰中，这两只孔雀代表着死亡与不朽。

我从未遇到过比这更栩栩如生的源头了。我们能感知这株葡萄藤取之不尽、用之不竭，心灵也会不由自主地来此领受生命的荣耀和死亡的教诲。我说的就是石头。不了解石头的深邃，便无从关注石头，而这一充盈的渊薮，这一永恒之光覆盖的黑夜，对我而言不啻真实的典范。骄傲啊，这创造出的一切，这感性世界的黎明！石头上镂刻出的一切都存在于该词语悲怆的天意当中。纹饰是以石头来呈现的。在这个纹饰的世界里，如果说形式背离了众生的物理性生命并飞升至天堂某处，那是因为石头遏止了冷漠的话语，保留了原生态的我们。

如果说没有什么能比该概念更为真实，没有什么能比这种由某种形式、某块石头、某一样本和某具躯体的结合物更为真实的话，也就没有什么能比这种危险的"观念"更真实的了。

石棺的纹饰正是这样一种存在类型，它以纯净的深邃，将普遍性和特殊性集于一身。它表现的正是这样一种"观念"，我在快乐中品咂着这种观念，因为纹饰激活了某种亘古真实的味道。

我想起不久前在莱顿①博物馆见到的一具石棺。这所大学的博物馆至今仍保留着众多最古老的学者书房，逼仄而昏暗。那天的街道也是阴沉沉的。可突然间，一切都豁

---

① 莱顿（Leyde），荷兰西部历史名城，拥有众多历史建筑和博物馆。

然开朗。

从外观看去,这具莱茵兰[①]罗马营地出土的石棺再普通不过了。它由一块矸石整体雕凿而成,石棺外壁已像地窖的墙面一样凹凸不平。我不知道这种土灰色的石头叫什么,石面已经残损,但看起来很实用,就像盖在身上的旧床单一样。但棺盖已被移走,棺椁空空。哦,纯粹的快乐,心灵遽有所悟!哦,岁月流逝,而回忆犹存!有何种冥想刺破苍穹,才能更深层地开启这一"观念"之家,有何种电闪雷鸣,才能即刻拯救更强大、更自由的灵魂?石棺的内壁光洁。满目浮雕。长期漂泊的心灵所包容涵盖的一切都付之于雕镂,浓缩进墓葬的空间,仿佛死者生前真实的住所,其中有房子及各种设施,房间里摆放着椅子、橱柜和餐桌,还有死者睡过的床。还有双耳瓶,瓶子里保存着油和美酒。风化的石头上,静止的窗帷似乎还在飘动不已。尖利的棺床褶皱中,永恒的灵魂似乎仍在冥想。那生与死之间的目光拥有了生命归还给它的一切。哦,那纹饰的凯旋!那超越时空的"亘古渴望",那凄婉的叶饰造型;那源自埃及的和谐的形式,在在呈现出心灵真正的高贵;在这一奇迹中,石头那厚重的前夜与某一现时汇合,在此,"死亡"不复存在。

---

① 莱茵兰(Rhénanie),欧洲旧地区名,又称"莱茵河左岸地带",在今德国莱茵河中游。

三

我们起码可以认为,概念性思维之所以会从墓石间掉头而去,并不全是对死亡的认知所致。再者,概念偏离的又是这世上的何种感性事物、哪块石头呢?它偏离的不全是死亡,而是所有那些有面孔、有血肉、有脉动、有内涵的事物,所以,说到底,它偏离的正是所有那些对其隐性贪婪构成最潜在威胁的事物。

概念偏离的是何种感性事物呢?让我们回顾一下,在克尔凯郭尔①的作品中,快乐是如何以最不可知、最纯粹的形式爆发的吧。事实上,在那具灰白色的石棺中,那瞬间震撼人心。心灵若总是汲汲于尘世的财富,便会因无穷尽的歧途而疏离可感知的对象,那正是克尔凯郭尔十分担心的情形,因为他知道唯有他参破了个中三昧,而那奥秘却被尘封于一般概念当中。他与这一体系缠斗着。但该体系已然成为概念的宿命。他努力地去追求信仰……暴风雨后,当长天终于开启,他的快乐从天而降。这是一种狂喜,仿佛我们生存的这个由"不可能"统治的地方骤然脱胎为另一处一切皆有可能之地。而更为直接的后果是,那压抑

---

① 克尔凯郭尔(Soren Aabye Kierkegaard,1813—1855),丹麦哲学家、神学家和诗人,现代存在主义哲学的创始人,后现代主义和现代人本心理学的先驱。

着我们的概念的云层被撕破了。在概念化的"人"里，确实存在着某种背离、某种对既存之物的不竭放弃。这种放弃便是厌倦、焦虑和绝望。但有时，当世界挺身而出，某些魔咒就失灵了，这一刻，生命中那生动和纯粹的一切便如同恩典般降临，此种快乐，是心灵在面对真实的困难时实现的突围。

这种快乐与我们从拉文纳的墓葬之美中体验到的快乐是类似的。所以我才会重返拉文纳，就像回归一道光，因为其本身便是这道光。在拉文纳，没有什么能让这道纯粹的辉煌之光黯淡——我明白，若没有这道光，人就无法活下去——也没有什么能将墓葬的这种特性与其在心灵命数中的启蒙者角色截然分开。

但愿诸位不要因为我对某座城市的古迹喋喋不休而莫名惊诧。这绝非出于讽喻的念头，也绝不单纯是为了享受沉思于废墟之上的神秘乐趣。

但是，在这个概念的真实之下，我仍然要为一个顽强呈现、不屈抗争的真实申辩。这一真实的本质在于，但凡有人居住的城市——比如拉文纳——就有与其价值相等的法则，居住于此的人拥有创制其普世价值的同等资格。但愿拉文纳的道路和石头都有与其价值相等的概念推论，并能以此取代其他。但愿任何一片散乱于此的最细小的石棺碎片都能因其毋庸置疑的存在而拥有与一般概念同等的、最严格意义上的价值。同样，完全有必要重新创设普世价值这一观念，因为它对人类能否获得幸福至为重要。普世价值不是律法，它既可放之四海而皆准，又可不名一文。普世价值自有其场域。它在人们的一瞥一视、一举一动中无处不在。我想到了以希腊方式所说的真实的场域，这种说法背离了其自身的意义，提出了一种观念，即某种程度上我可以发现的那种时刻都在警醒的真实，而这，正是我回归的路径。真实的场域，就是能孕育某种深刻转变的场所。所以，一项新的原则可以改变一门学问，但这里所说的原则，只是世界上的一个点，是一处古迹，是一处令人赞叹的遗址，是一座雕像。昔日，此地除了神谕还有什么？今天，此地除了祖国还有什么？

此地（真实的场域始终是某个"此地"），在此，在生命的惬意中，沉默或遥远的真实与我自身之存在相互融合，相互改变，相互激励。在相类的某个美丽的地方，一处绝美之地，我不再属于自己，我会安享完美秩序的支配。同样，在此地，我终会获得完全的自由，因为没有什么对我是陌生的。我毫不怀疑在某个地方，一定会有这样一处我的宜居之所，有这样一道拥有生命的门槛。可又有多少人枉费一生却一无所获！而我喜欢旅行，仿佛在尝试回归。但凡发现与我愿望相似的地方，我都会驻足寻访。于是，一个因宗教而受到伤害的古老的希望苏醒过来，惶惑不安地审视着海岸上似乎近在眼前的鸽群。让我们就从这儿开始吧，无论在佛罗伦萨，在夜晚的圣弥厄尔教堂①——壁龛上的那尊"晚间圣母"雕像昼夜明亮——还是在拉文纳，在加拉·普拉西提阿陵墓前狭窄的广场，让我们谛听末日脚步的沉默吧。诗，同样属于这一类寻觅，我觉得，只有在世界的这个节点上，诗才会无忧无虑，它早已准备就绪，假如有一天，它渴望表达世上被湮没的一切时，就会焕发出这处古迹外在的魅力……在波德莱尔之后，我再次重申，诗具有和远行同样的本质，同样的血缘，具有对人而言的一切可能的行动，那可能是唯一有效的行动，是唯一抱有目标的行动。

如果我所述说的真实与此种迷惘相悖，我早该迷路了。

此外我也反对感性现实这个概念，因为我们早已认识到了偏离的后果。在拉文纳，我会发现另一种统治的露头。

为什么纹饰的线条如此美丽？为什么目睹一具石棺就能让心灵获得抚慰？概念几乎提不出这些最重要的问题。因为它回答不了这类问题。

但是，那古老的焦虑正是经由那些早已倾圮的灰色石

---

① 圣弥厄尔教堂（l'Église d'Or'San Michele）位于意大利佛罗伦萨，建于1337年，教堂正面的壁龛里保存有若干15世纪的雕塑杰作，下文"晚间圣母"雕像（Madonna della sera）即为其中之一。

棺,经由那些无尽堆叠,由雕镂的石头构成的高墙上腾飞的,一如火凤凰飞往太阳城①。我不会以某种哲学的方式来提出这个感性的问题。确认,才是我要操心的事。此乃这片赤裸的土地和遗迹的美德,是它们在教诲我们说,"确认"义不容辞。

自巴门尼德②以降,思想总是以牺牲部分所谓已逝的存在为代价而成就自我,它认为那不过是被命名为"感性"的本质表象上的附庸,所以无非是些幻象,故而心灵也徘徊于这两片灰色的地带犹疑不决。先是单色调的概念,接下来是深灰色的色调,就是来自竞技场或石头构成的狭道那种浓烈的深灰色色调,这才是进入"真实"的入口。我

---

① 火凤凰(Phénix)与太阳城(Héliopolis),典出古罗马诗人奥维德(Ovide,公元前43—公元17或18)《变形记》第十五章:"……惟有一只鸟,它自己生自己,生出来就再不变样了。亚述人称它为凤凰。它不吃五谷菜蔬,只吃香脂和香草。你们也许都知道,这种鸟活到五百岁,就在棕榈树梢用脚爪和干净的嘴给自己筑个巢,在巢上堆起桂树皮、光润的甘松的穗子、碎肉桂和黄色的没药,它就在上面一坐,在香气缭绕之中结束寿命。据说,从这父体生出一只小凤凰,也活五百岁。小凤凰渐渐长大,有了气力,能够负重了,就背起自己的摇篮,也就是父亲的坟墓,从棕榈树梢飞起,升到天空,飞到太阳城下,把巢放在太阳庙的庙门前。"引自奥维德著、杨周翰译:《变形记》,北京:人民文学出版社1984年版。
② 巴门尼德(Parménide d'Élée),公元前5世纪的古希腊哲学家,重要的"前苏格拉底"哲学家之一,主要著作是以韵文写成的《论自然》(De la Nature),如今只剩下断简残篇。他认为"真实"变动不居,世间的一切变化都是幻象,因此人不可凭感官来认识真实。

不懂也不打算为这个世界提出什么论证，而且不想以此种坚忍、玄奥的精妙手法将感性夹杂于"存在"当中；我只打算为之命名。此即这个感性的世界。话语，这个第六和最高的感官，必须听任自身与之相遇，并破解其符征。对我来说，我只对克尔凯郭尔这项未竟的使命——即探索这一奥秘的使命——情有独钟。

四

此即这个感性的世界。事实上，有众多障碍物始终在遮蔽入口。概念不过其中之一。克尔凯郭尔也并非唯一的流亡者。

我会说这个概念像一座禁城那样与我们相距遥远。但我也会说它作为一座一切皆有可能的城市，留驻于我们每个人的内心。灵魂一旦倾心以爱，就不难发现门径并驻足定居，任何障碍对此都无计可施。

它既是概念性思维，也是某个抱有道德苛求之神祇的观念。心灵之外，弥漫着一股夜的力量，四处是改头换面的物象、不纯的形态和丑陋的事物：这些就是回归之途的主要障碍。

庄严之城，简约之城：它在延展，我们的做作和我们的财富都追赶不及。

这城市俨然于转瞬间诞生。高耸的城池——其材料显而易见（因此我称其为最高的真实，这种真实是我瞬间领悟和感受到的）——仿佛期待中的轮廓线一样相互应和。有时，在半高处，站在外凸的、有如饱经风霜的亚美尼亚式教堂般的岩石上，那些奇特的、矩形的起伏似乎将岩壁钉入了隐秘的实体。然而，岩壁的背后，在那些住所的深处，是生命的空间。荒凉之城：现实的极点之上便是孤独。

我穿过一条条通往山谷的街巷。一股湍流滚滚而过，耳畔只有激流的喧嚣。从眼前的屋顶眺望，无分左右，层层叠叠，可能都是些宗教遗迹，依然湮没在壮丽而复杂的景色当中。穹顶、门廊、钟楼都笼罩着真实的天堂那种绛色的雾霭。

我避开会将我引向一座座广场的条条岔道，只为了能让自己蓦然回首，踏上命运留给我的坦途。在此，命运缄默不语。它在脚步轻盈的回声中袒露心扉。所以，这即是自由。在这种感性中，可以触摸到万物的深刻统一。而

"一",正像柏罗丁[①]明确指出的,就是绝对的自由……

太过纯净之城。我无疑在以乌托邦的口吻描述它。它是乌托邦之一,抱持着已然抽象的、每个乌托邦勃兴时期都曾秉持过的伦理。人们说,这座城市已近黄昏,正在走下坡路,所以我想象,透过余晖晚照,这座城市是属于伦理的。

但乌托邦中是有着某种其他任何东西都无法比拟的神秘之真实的:事实上,它是具象的存在,对这个恼人世界的无尽描述无时无刻不在危及其原型。每当人们兴致勃勃地观看一件仿制之物的双重真实时,它都表现得如此绚烂夺目。此类图景的真实为我们这个世纪所罕见且取用不尽,而心灵之血却在摧毁这一真实:一条街巷的神秘与忧郁。

或者我可以用描述一座剧院的方式来做出进一步说明。因为这个感性的世界无非是一个行动开始的场景。人们正是出于对这种彼此呼喊的直觉、对某个场域的祭祀价值的直觉,才发明了建筑。

我行走于这座城市中。那隔绝了呼喊之回声的神秘距

[①] 柏罗丁(Plotin,205—270),又译作普罗提诺,罗马帝国时期的哲学家,新柏拉图主义的奠基人,其学说融汇了毕达哥拉斯和柏拉图的思想以及东方神秘主义,视太一为万物之源,认为人生的最高目的就是复返太一,与之合一。柏罗丁的思想对中世纪神学及哲学尤其对基督教教义有很大影响。

离又在我之在场和先我而在的某种绝对之物间再现了……的确,感性终究为何物呢?我曾说过,它是一座城市,但这个想法忽略了存在于表象中的存在,而表象则是豪奢的,因此它在我心中挥之不去,甚至可以称作对废墟、对最卑微之物和对混乱的一种痴迷。但是,将感性与概念区别开的并非简单的表象。

感性的对象是在场。它首先是通过某一行为与概念区别开的,这一行为便是"在场"。

感性也是通过某种渐变与概念区别开的。这便是"此地",便是"此时"。还有它的场域,因为那场域非它所有,时间也不属于它,因为那不过是时间的片段,这场域和时间都属于某种奇特之力的构件,由"在场"本身生成。哦,在场,它通过自身的爆裂固化了方方面面!由于它的在场,对象不断消失。由于对象的消失,它令人敬畏,并张扬其在场。它若继续在场,就会像自我创设的一种统治,像不谋而合的一个联盟,像凌驾于它与我们之间的话语的一纸契约。它若死去,就会在缺席之时向这个联盟敞开心扉,那是它心灵的承诺。在此承诺中,它成就了自我。在此承诺中,它通过自身的缺席,通过浪涛般的自我宣示,以其自身的活力与概念抗衡,并宣称这一在场全然是为了我们。它只是存在中的一种符征。它代表"善",而且它拯救了我。人们会接受我的这个想法么?感性就是一种

"在场",它是所有观念中相当冷僻的一种观念,依据概念性思维,它永远是不纯粹的:而这,也是一种救赎。

在场的行为每时每刻都在宣示这个世界的悲剧及其结局。这就是费德尔①在最后一幕中对我们的教诲和她死去时的那种平静的声音。

我用个比喻来说明吧:它是昏暗之树的残枝,是常春之藤的碎叶。完整的树叶可在其叶脉中储存起永恒的精华,这大概已然就是概念了。但这片黑绿而泥污的碎叶,这片从破碎处显现出其全部现存深度的树叶,这片无限的树叶,

---

① 拉辛(Jean Racine,1639—1699)悲剧《费德尔》(Phèdre):雅典王后费德尔(Phèdre)疯狂地爱上了国王忒修斯(Thésée)的前妻之子希波吕托斯(Hippolyte)。她趁国王长期征战在外的机会,向希波吕托斯吐露了心中的隐秘,但遭到拒绝,原来希波吕托斯早已和公主阿丽丝(Aricie)相爱。费德尔羞恨相煎,一气之下夺过王子的佩剑想一死了之,但被恐惧她向国王倾吐真情的乳母和心腹厄诺娜(Œnone)拦住了。正在这时,传来国王凯旋的消息,于是费德尔采取恶人先告状的伎俩,说王子趁国王不在家之机曾想侮辱她。希波吕托斯有口难辩,一心只想带着公主出走,而愤怒的国王在严厉的斥责之余,还想祈求海神显灵惩罚他的儿子。公主多次催促希波吕托斯向国王讲明真相,但他不愿去见国王。国王听到阿丽丝的抱怨之后,想再次盘问厄诺娜,但她已投海自尽。此时,传来了海神显威、希波吕托斯惨死海上的消息。费德尔闻讯后悔恨交加,亲自向国王承认了自己的全部罪尤。话一说完即倒地而死,原来她已饮毒腹中。临死前她对国王说:"死神来临,亮光已在我眼前消尽,/ 被我亵渎的上苍将恢复它的明净。"(Et la mort à mes yeux dérobant la clarté / Rend au jour, qu'ils souillaient, toute sa pureté.)

便是纯粹的"在场",因而是我的救赎。从绝对角度看,它曾经属于我,有谁能把我从超越命运与位置的接触中解脱出来?又有谁能摧毁这片毁之又毁的碎叶?我手持这片碎叶,捧着它,就像我本想拥抱拉文纳,我能听到它不倦的声音。——"在场"是怎么回事?它像艺术品一样令人神往,它像清风或大地一样天成。它像深渊般黑暗,却又令人心安。它有如空间中的某段空间,呼唤着我们,包容着我们。而且它像上千次自我迷失的瞬间,却拥有神的荣耀。它与死亡相似……

这就是死亡么?倘若用一个本该甩给晦涩的思想并使其可鄙且虚妄的词语,那就是:不朽。

五

人们一定会原谅我明确地说出如下话语:无论古时众神还是现代神祇如何作保,我全然不接受这种肉体或灵魂不朽的概念。

常春藤中存在的不朽,尽管耗尽了时光,但过程同样如此。把绝无可能的不朽和感觉到的不朽结合在一起,虽可让人感受永恒,却无法消除死亡。

这就像我幼时在峭壁间听到过的一声鸟鸣。我已记不得是在哪条斜谷,也记不清起因或何时曾途经那里。甚至那光亮究竟是黎明还是暮色也全然不重要。火光中,荆棘丛中窜起一股浓烟。那只鸟在歌唱。我得老实承认,有那么完全孤独的一瞬间,那鸟儿正嗓音嘶哑地在浓烟顶上言说。在这不朽的瞬间里,只有斜坡上长长的蒿莱与我同在,这图景印入我的脑海,超越了时间和空间。

浪涛当中有永恒。具体而言,它存在于浪峰泡沫的嬉戏中,这简直令人难以置信。后来我也曾一度认为它是基于一般观念之上的。但我还是回归了那声鸟鸣,如同回归了我那块绝对的石头。

无论谁试图穿越这感性的空间,都会遇到流经万物间的一泓圣水。只要抚触这水,就会感受到不朽。之后,还需要说些什么呢?还需要证明些什么呢?在此抚触之下,柏拉图创立了另一个世界,即强大之"观念"的世界。但愿这世界是存在的,我对此深信不疑:它存在于常春藤里,它存在于八方四面,那才是实质性的不朽。

简言之,这世界与我们同在。它存在于感性当中。柏罗丁说过,心智是伟大的、时时变化之面孔的表达。除此之外,再没有什么能像它一样与我们近在咫尺。

天国是不存在的。此种不朽,此种克尔凯郭尔瞬间从中迸发出的快乐，对那些由此经过的人而言，不过是一处勃发着清新与回声的住所。而对那些想占有此种不朽的人，则无非是某种虚幻，某种失望，某个夜晚。

依我说，该概念的奥秘在于对死亡的恐惧。事实上，存在恐惧或产生恐惧均发端于这一概念。死亡，至少其精神上的现实、灵魂中的恐惧和恐惧中与世隔绝的存在，全都始于对感性的遗忘，始于对感性的遗弃，而这种感性已然形成概念。

该概念在死亡面前仓皇出逃。毫无疑问，它对一己宿命备感焦虑并试图降服它。但虚构的不朽如此徒劳且太过虚伪，以致它在其软弱中已然成为一种接受。恐惧、否认、接受，这就是超乎概念之外的死亡帝国。正是这种概念，使得逃避死亡并满足于为其命名这一荒诞的游戏成为可能。

该概念是一种幻觉。它是古老玄学的第一层面纱。它想把不信教的人和无神论者都笼络到自己一边。因为它像神一样软弱。更不消说在其不在场时，在我手持的常春藤残枝中，在通道和泡沫中，所有真实及所有规则都变得不可能。可能的规则只有许愿"不朽"。在这片土地上，被这样创造出来的东西真可谓不胜枚举。

夏多布里昂①在游历埃及时曾这样写道："人类建造起如许陵墓，不是有感于生死无常，乃是渴求永生的本能。"夜幕笼罩下，一座座恢宏的埃及陵墓在自信与沉寂中巍然耸立，如此浩大，如此精妙，我借助众多绘制出的美丽面孔和符号推演出对生命那种有意识的强调。从那些没有众神、只有雕像的陵墓中，从那些通过装饰与石块的结合创造出逝者犹存的形式中，我推断出其承载的就是我说过的那种"不朽"。那些梦想永生的人，就像早期的基督徒一样，无非在地下留了一条黑暗的通道而已。

埃及以这些石头陵墓表明，唯一可能的未来就存在于这个有形的世界中。在拉文纳，6世纪的石棺亦复如是。还有一些城市也同样如此（这些城市能幸存下来实在令人感动），在那些城市里，一排排坟墓或敞开，或封闭，逝者们正于此喃喃诉说。

而我的问题并未消失。为什么这种概念、这种实用的理想主义在面对墓葬时会掉头而去呢？我会回答说，因为那些石头意味着崛起中的自由。

我们可以把死者的骨灰抛撒风中，可以服从自然的意志，可以毁掉故城废墟。同样的行为也可以和坟墓一起，在死亡的爆发中言说缺席并于此维系生命。它言说着

---

① 夏多布里昂（François-René de Chateaubriand，1768—1848），法国浪漫主义作家。

在场的永固与永恒。对概念而言，此种断言在其双重本质上是陌生的。可又有哪种概念知晓将伦理与自由结合在一起呢？

这就是为人服务之墓石的伟大，没有它，所有人都会死于悲惨和恐惧。这就是那不畏死的生命（我在此借用了黑格尔的说法），它在死亡中得以永生。为了理解这些墓石，我们必须懂得另一种与此种"概念"有别的语言，那是另一种信仰。在墓石面前，这概念如希望中的理性般缄默无语。

恶之花[1]

一

这是我国诗坛的巨匠杰作——《恶之花》。话语的真实、至真的形式,从未如此真切地展露过真容。我见到它,仿佛见到一束光。就像德拉克洛瓦[2]为《哈姆雷特》绘制的一幅版画,在所有的白色、黑色、灰色之外,我还看到了某种不大可能的绛色。话语的真实超越一切形式。它是精神的生命,它是行动的,而不再是被描绘的。它是原始的,它来自灵魂之家,它区别于词语的含义,却又比任何词语

---

[1] 《恶之花》(*Les Fleurs du mal*)系博纳富瓦 1955 年为善本书社(*le Club du Meilleur Livre*)《波德莱尔诗全集》(*Poèmes de Baudelaire, les Œuvres complètes*)出版撰写的序言。
[2] 德拉克洛瓦(Eugène Delacroix,1798—1863),法国画家,浪漫主义画派的典型代表。

更撼人心魄。

不谈话语的真实,就无从奢谈波德莱尔。其实,话语的真实既非失望,也非迷途或虚幻,怎么说呢?就连最刻薄的批评也望而却步,承认了绝对诗意的事实。武装到牙齿的恶意在此折戟沉沙,沦为笑柄。而波德莱尔本人历尽困苦,希望他得到安宁。他的愿望是普世的。但愿他有权消隐其间,像一阕乐曲般消失于云中。

但是,精神有时候的确是能够灵肉合一的——为此,一个追求真实并认知自我的人必能承受毁灭性的打击。就这样,囿于时代的不理解,他告别了粗俗的机会和平庸的结局。他被浓缩为最好的——也是最晦涩的——自己,被雕琢为精神的楷模。他也由此化为本质,谁都可以从他那里领受福泽。

这就是波德莱尔的宿命。从此他为公众所拥有。通过被屡屡提及的堪称样本的一生,他获得了胜利。

二

我扪心自问,为何话语的真实出自《恶之花》。

从其无懈可击的古怪和其否定神学的极端性质出发,

若想对话语的真实做出另类定义,我会说那是一种允诺(consentement)。那是截然不同的另一种声音,它远离自身的声音,却与言说的人相应和。它比词语更纯粹,它怡然优游于词语间。已存和当存的一切,在瞬间构成了不再对立的世界。永恒的热狂中,某种平和随之而来。

这种平和为何能在《恶之花》中屡屡出现呢?换言之,围绕着某处奔涌而构思混杂的制高点,为何会有如此多的对立之物徒然地前仆后继,却没有一样立得住阵脚呢?我首先会排除其间羼杂有宗教的情愫。波德莱尔从未谈论过或真正体验过任何信仰。《圣彼得的背弃》和《致撒旦的连祷文》[①]中也没有任何异端形成。

即便是波德莱尔独有的风格——他的语言,他袒露的野心——似乎也不曾产生他所宣称的"真实"。撮其之要,《恶之花》的成功当属话语。生动的描述,缜密的思维,简洁的情感,令概念一气呵成,无须在乎词语本身发生了什么。如此说来,波德莱尔究竟在艺术中创新了什么而有别于雨果呢?如果意识的运用与意图的追寻缺失同一尺度,那它们彼此间使用的工具则必定相同。

这就是波德莱尔之谜。话语,这个马拉美[②]想要逃避

---

① 《圣彼得的背弃》(*Le Reniement de saint Pierre*)和《致撒旦的连祷文》(*Les Litanies de Satan*)是1861年第二版《恶之花》中的第118首和第120首。

② 马拉美(Stéphane Mallarmé,1842—1898),法国象征主义诗人。

的词语之场域，这个我们的诗歌传统造访得过于频繁的场域，它始终属于波德莱尔。然而这一场域中又隐匿着最危险的陷阱，对真实而言，它提供不了任何救援。我甚至将其视为非道德的。实际上，它就是一场豪赌。它始于专注的沉默，它赋予激情以易于产生的手段。而当激情化作诗意的时候，它又赋予诗以同样简捷的手段，从而使那个言说的人毫发无损。

而这个人可以是真诚的，谁又不是呢？不过，真实在立住阵脚前是经久不息的奔涌。无危险的话语只能是一种修辞，换言之，是一种谎言，被用来指责诗歌滥用太过优渥的权利。

三

话语的谎言在于过犹不及。它与概念相连，它在本质中寻觅稳定、可靠和涤除虚无的事物。过度自身则是本质的爆裂，它忘却自我，忘却一切，在虚无中痛并快乐着。

概念隐匿了死亡。话语是个骗子，因为它剥夺了世上的一样东西——死亡，似乎如此便能消弭一切。而唯有死亡才能决定一切。未经死亡的证实，万物皆空。

假如没有话语就没有诗歌——马拉美本人是承认这一点的——那么,若不召唤死亡,又如何能拯救真实与崇高呢?难道死亡非得借助不懈的苛求方能被提及么?或者,更有甚者,非得让死亡开言么?但要达至此点,首先应揭示被认可的快乐或痛苦,其次再让说话的人去认同死亡吧。

这不大可能的一步,是波德莱尔迈出的。

他为死亡命名。而这死亡究竟是什么?是精神的某种焦虑么?是躯体的某次冒险、一次有限的冒险么?常常——自波德莱尔以来便是如此——诗仅仅是危险的。生理的死亡总由人始。诀窍唯在认知。

但有时技巧和责任让诗不堪重负,乃至在心灵中走个简单的过场都不可能。太多的怠惰引导着语言。太多的世俗安逸已将它玷污至深。精神已无从捍卫其尊严,似乎亟须生理之血脉喷涌,方能葆其纯洁。

曾几何时,诗曾愿意有所作为。但那已经是 1840 年前后的尘封往事了,自从皇港修道院①被毁以来,自从费德尔咽气之后,除了夏多布里昂或维尼②狂怒与含混不清的

---

① 皇港修道院(Port-Royal)位于巴黎西南部,建于 1204 年,是天主教詹森派(le jansénisme)的大本营,该派追随 17 世纪荷兰天主教神学家詹森(Cornelius Otto Jansen, 1585—1638)的思想,遵从"恩宠论"学说,认为得救只能靠上帝恩宠,主张虔诚地遵守教会法规,反对耶稣会的"道德论"学说(惑然说)。1709 年前后被毁。

② 维尼(Alfred de Vigny, 1797—1863),法国浪漫主义诗人、作家。

流亡之声外，其他全属谎言。

波德莱尔知晓如何破解。他在自身体验到的方属真正的死亡。

四

让-保罗·萨特指出，波德莱尔年轻时便做出了无悔的选择。但他误解了波德莱尔选择的目的和理由。

波德莱尔选择的是一条不归路，一条通往死亡之路。一连串决定性的事件环环相扣，每一个都加速了死亡。在这条路上，他渐行渐远，疾病、债务、严峻的道德约束渴望以及诉讼等等，都让他最终走向颓废。波德莱尔从一开始——从他写诗开始，从他结识斜眼萨拉①开始——便在这一层面上谈论他的使命和他命中注定的诗的语言。他寻求和得到的正是它。

波德莱尔选择了死亡，死亡如一种意识般与他相生相伴，使他能够通过死亡获得认知。这是一个严峻的、殉道般的决定。诗本身也同样具有风险。他的与众不同如此深

---

① 斜眼萨拉（SaralaLouchette）是巴黎拉丁区的一位年轻的犹太裔妓女，"斜眼萨拉"是其绰号。波德莱尔1840年与其相识，并为她写过三首诗。

刻，无人赏识，没有朋友可以倾诉，这一切构成了一种近乎癫狂的沉默之风险，波德莱尔能察觉到自己的睿智才思行将死去，他曾为它冒过太大的风险。这一切都是可能的，在创作中他曾遇到那么多困难，而最终的失语症就是实证。而这一切又都是有意为之，他曾在《火箭》[①]中谈起过。还有过更糟糕的情形。致命的危险在于这种诗最终要经由死亡方可获得，而悦耳的音调在抉择关头却只能言说出苦难和死亡的词语。

但我们知道，真实是从不拒绝夏尔·波德莱尔的。

五

至少，行动中的死亡已创立了真实的话语。

自波德莱尔始，诗的话语已改变了角色——它不再是让人感动的喜剧而成为一种甘愿消亡之声音的暗示，它描写和加速了死亡的进程——诗的话语也变了性质，这一切多亏有了波德莱尔。这种隐藏着死亡的话语，躲开了专为此设计的可悲的陷阱。它是生动的，富有装饰性的。它是

---

① 《火箭》(*Fusées*)，波德莱尔的散文随笔。

情感的反复。它是为说而说、召唤世界和攫住一切的罗曼蒂克的渴望——说到底，是无言，因为其本质便是沉默。是波德莱尔替换了这个世界的舞台，雨果曾在那里召唤阴影，而拿破仑或卡努特①则在另一个舞台——真实的舞台——召唤人类的躯体。

躯体，场域，面孔。它们以恒星的规模与死亡的已知事物同步成长，在《恶之花》中构成了新的天际，并拯救了话语。

躯体扮演了虚无，言语扮演了方式。这就是《美丽的小舟》或《首饰》②中的纯粹和交互的行动。特定场域的死亡和独有的言辞，构成了诗尽可能深远的声音。

《恶之花》中绝没有什么奥利弗或德莉亚。它完全不需要借助任何神话来拓宽话语与感性世界之间的距离。话语的真实直接源自受伤之肉体和不朽之语言的此种相遇，这在我们有意识的、赤裸裸的文学中尚属首次。

---

① 卡努特（Kanut，990—1035），丹麦和英格兰国王，1016—1035 年在位。
② 《美丽的小舟》（Beau Navire）和《首饰》（Bijoux）是 1861 年第二版《恶之花》中的第 52 首和 1866 年《吟余集》（Les Épaves）中的第 6 首。

六

我们尽可以长久地渲染——有如恣意诠释一件作品的感性原貌——这个经由波德莱尔之死而赢得的崭新的世界。在夏尔丹①或马奈②的绘画中,关于至简的真实有着何等色彩斑斓的对象啊!在缺席的太阳和黑夜之间有着怎样的交换啊!在穿透的雾霭中又有着何等心灵的开放啊!

最好去读一读《为一位过路女子而作》或《阳台》③。正如我在本文开头所说,那是波德莱尔最具匠心的创造,是一束光。难以言表。况且,在一个永远有待命名的世界中,这能让人活得充实。

---

① 夏尔丹(Jean-Baptiste-Siméon Chardin,1699—1779),法国画家,洛可可艺术风格具代表性的画家之一。
② 马奈(Édouard Manet,1832—1883),法国画家,19世纪印象主义绘画的奠基人之一。
③ 《为一位过路女子而作》(*A une passante*)和《阳台》(*Le Balcon*)是1861年第二版《恶之花》中的第93首和第36首。

七

然而，对这束光追捧过多会有简化《恶之花》之嫌。除纯粹的死亡外，这本书中还有一种钝痛和另一种声音，荒凉而无望。

波德莱尔的魔鬼崇拜俨然是一种矫饰。皮埃尔·让·茹夫[①]有理由如此断言。在一个厌恶永恒的社会中，波德莱尔热爱"恶"，这不啻惊天一跃。此种挑战之外，还有其他事件也加剧了他的魔鬼崇拜。那是对宗教的一种迁怒，一种怨愤，这宗教太过强大地生长在其作品中，并有改变其作品内涵之势。缺失真正的信仰而接受了一个上帝，是波德莱尔率先承受了这些道德的苛求。这些苛求即便不是在他体验伊始便相互对立，至少在他成功的时候是如此。

波德莱尔很痛苦，但并不像他自己想象得那么愤愤不平。

他看到，与被迫接受的价值相比，尘世生命的价值彼此矛盾。死亡创造的"善"与天主教的"善"迎头相撞。在钢矛带来的纯粹欢乐中，波德莱尔的一己之善化为齑粉。欢乐变为兴味盎然。在观念的统治下，我们的世界罪无可

---

① 皮埃尔·让·茹夫（Pierre Jean Jouve，1887—1976），法国作家、诗人、文学评论家。

道。在错误和惩罚之后,任何纯粹已无处容身。如今,死亡本身已无好坏之分。死亡丧失了它的纯粹。它失去了自身的存在,因为它只不过是一道门槛,门槛之外的惩戒可想而知,那才是唯一真正的死亡。波德莱尔并未终生追随基督教的结论。可在他搭建起的躯体的舞台上,人们经常再难见到肉体的死亡。死亡充斥着这个世界之罚的暗淡色彩,消失于残疾、衰老和苦难的场景,于是,在长久的时光煎熬中,它拒绝正剧般的悲剧,拒绝改变痛苦的命运,拒绝狂热的本质的堕落。

于是,在波德莱尔的诗中,白昼消失了。这是这部作品的另一面——在那儿,不幸爆发了,压倒了"美"。"美"有时甚至遭到嘲讽,被残忍地描摹于颓废的形式之中。此时,波德莱尔渐失其最初的活力。在灰烬和铁色的天空下(那是《贝阿特丽采》[①]中的天色),他犹豫着,他被剥夺了。他期待着死亡中的某种力量。他只得到了一个被玷污的世界。于是,他虽然高傲,却也害怕自己无非是一句妄语,如他自己所言,是个无赖,是个小丑。

诗的本质是失望。这点或许兰波也默认。从另一个角度讲,世间的某种障碍能给诗带来一种必然的毁灭。或许,诗无非是没有出路的希望。

---

① 《贝阿特丽采》(*La Béatrice*)是1861年第二版《恶之花》中的第115首。

但《恶之花》最长久的特征，同样也是波德莱尔最长久的特征，便是无论如何仍充满力量。

在极端的困惑中，波德莱尔在一个阴郁而混合着真实的古怪画面上重归镇定，画面上，在源自罪孽的死亡节点上，纯粹重生了：那是双重的意象——我以《殉情女》①为例——这想法真有悖常理。深刻的激情中羼杂了某种詹森主义②的理论。绝望间，朦胧中的拯救观念也在重新形成。波德莱尔预感到真实逼近了。他燃烧起来，依我说，他是最伟大的诗人，野性，精确……然而，他却无法撕破悲苦的帷幔。他伟大的目标堪比擎大火炬，却被蒙上一层污泥。

于是他道出了庄重的讽刺。他依然爱着这个虚空的世界。就像维庸③或梅纳尔④那样，他通过爱的真实而自救。

---

① 《殉情女》(Une martyre) 是1861年第二版《恶之花》中的第110首。
② 詹森主义 (le jansénisme)，17世纪天主教詹森派教会的神学主张，由荷兰天主教神学家詹森创立，其理论强调原罪、人类的全然败坏、恩典的必要和宿命论，认为教会的最高权力属于公议会而不属于教皇，因此被历代教皇所排斥，18世纪时逐渐衰落。
③ 维庸 (François Villon, 约1431—1474)，法国中世纪最杰出的抒情诗人，他继承了13世纪市民文学的现实主义传统，一扫贵族骑士抒情诗的典雅趣味，是市民抒情诗的主要代表。据说维庸曾因谋杀和盗窃罪而被控，最后下落不明，是被后世称为"被诅咒的诗人"(poètes maudits) 的鼻祖。
④ 梅纳尔 (François Maynard, 1582—1646)，法国诗人，法兰西学士院院士。

八

夏尔·波德莱尔或许看到了他精神上的巨大努力变数频多。迷失之冲动和这种迷失之冲动的迷失构成了双重的激情,他在真正死亡的前一年遭受的精神毁灭便象征着他的第二种激情。

然而,正是《恶之花》中的这些"病态之花"构成了这部近乎神圣的书。我们追求超越的渴望从中觅得了不安的落脚点。

波德莱尔复活了属于诗的伟大的献身观念。

当上帝对许多人而言已不复存在的时候,他发现死亡可以是灵验的。死亡是可以独自重建失去的"存在"这个大一统的。事实上,通过马拉美或普鲁斯特[①]、阿尔托[②]和茹夫——他们都是《恶之花》的精神继承者——的作品,我们可以相当准确地想象出:在一个终极自由和纯粹的世

---

① 普鲁斯特(Marcel Proust, 1871—1922),法国小说家,代表作为长篇巨著《追忆似水年华》(*A la recherche du temps perdu*)。
② 阿尔托(Antonin Artaud, 1896—1948),法国戏剧理论家、演员、诗人,反戏剧理论的创始人。

界中,死亡是灵魂的仆人。

死亡会实现语言的命运。历尽漂泊后,它会为宗教情感敞开诗的家园。

巴尔蒂斯的创新[1]

一

我不知道从今往后人们能不能严肃地谈论巴尔蒂斯的艺术。只要没把他散落各处的最重要的绘画作品以大展的方式集中展示出来，任何相关评骘都很难说靠得住[2]。再

---

[1] 《巴尔蒂斯的创新》(*L'invention de Balthus*)首次发表于《法兰西信使》(*Mercure de France*)1957年3月第329期。巴尔蒂斯(Balthus, 1908—2001)，原名巴尔塔扎·克罗索夫斯基(Balthasar Klossowski)，法国具象派画家，原籍波兰。

[2] 不过，1956年3月在维尔登斯坦举办过一次巴尔蒂斯作品展，展出了巴尔蒂斯的一些近期画作。同年，纽约的皮埃尔·马蒂斯画廊和现代艺术博物馆(Museum of Modern Art)也分别举办了两次巴尔蒂斯作品展，展出了相当多的巴尔蒂斯作品的复制品。——作者原注。维尔登斯坦(Wildenstein)，法国市镇名，在上莱茵省(Haut-Rhin)。皮埃尔·马蒂斯(Pierre Louis Auguste Matisse, 1900—1989)，法裔美国艺术品经销商，现代艺术专家，法国画家亨利·马蒂斯(Henri Marisse, 1869—1954)之子。

者，为了能更好地理解他的艺术，还必须摆脱几类当代的创作。在那类作品中，有一种幻象是巴尔蒂斯始终不熟悉的。他汲汲于融入世界的渴望从未像 20 世纪那样被如此排斥。但他也从未料到自己能以近年来的作品轻松觅得进身之阶。对生存的关注、对现时和严酷题材的渴望，都有助于我们在他众多所谓"不拘一格"的精美画作中一窥原初之堂奥，但遐想不是拯救，再现也非占有，在他不连贯且对比极为强烈的探索中，我们所推崇的真实艺术或许只是某处蛮荒的世外桃源、某种田园传统的翻新罢了。

然而，画家的使命就是要发掘隐匿于迹象之下的东西。为使这种回归行为并非装装样子，就有必要让两相矛盾的专业术语同时在场；让瞩望回归万物本原的心灵在造成问题的差异中获得终极确认。我们是西方人，这无须否认。我们靠科学之树养育，这也不容否认。梦想远不能治愈我们的当下，我们最终的理性是必须重塑"在场"。这方面，过去若干世纪直到晚近的绘画——从乔托[①]到马萨乔[②]，再

[①] 乔托（Giotto di Bondone，约 1267—1337），意大利画家、建筑师，被认为是意大利文艺复兴的开创者，被誉为"欧洲绘画之父""西方绘画之父"。

[②] 马萨乔（Masaccio，1401—1428），意大利文艺复兴时期的重要画家之一，其壁画是人文主义最早的里程碑。他也是最早使用透视法的画家，其绘画中首次引入了灭点。马萨乔原名托马索·迪乔瓦尼·卡塞（Tommaso di Giovanni Cassai），"马萨乔"是其绰号，意为"笨拙的托马索"。

到立体主义①——都远胜于其后的空想。在媒体与现时、语言与存在的较量中，巨量变化的空间既是一出大戏，又构成某种隐喻。其首要的精神本质必然指向漫漫黑夜，指向含混，指向幻象；一言以蔽之，在这个对世界之光有时近乎恶魔般抹除的领域中——保罗·乌切洛②的作品便是如此——几何学和直觉正在苦苦缠斗。但迷宫深处，那束光闪烁依旧，这次它的确是在场的：它是某种绝对的存在，不再是意象，而是行动。于是乎，以皮耶罗·德拉·弗朗切斯卡③的作品为例，在这场对透视法的考量中，便出现了一丝黎明的闪光，即线性透视法④的萌芽。从神学角度观之，正所谓罪恶丛生之地，亦为恩典普惠之所。而这表明，在我们仍感陌异的真实事物和心灵创造之间，依旧有着某种亲缘关系，有着不时出现的某种同一性。

此即某种不大可能的现实主义。总之，由于辩证法的缺失，我们如今和它还相距甚远。但也许应当忘掉该路径，

---

① 立体主义（le cubisme），前卫艺术运动的一个流派，为20世纪初的欧洲绘画与雕塑带来革命。
② 保罗·乌切洛（Paolo Ucello, 1397—1475），原名保罗·迪多诺（Paolo di Dono），意大利画家，以开创透视法绘画闻名。"乌切洛"在意大利语中为"飞鸟"之意，保罗·乌切洛因其所绘飞禽之精致而有"飞鸟"之誉。
③ 皮耶罗·德拉·弗朗切斯卡（Piero della Francesca, 1415—1492），意大利文艺复兴早期画家，精准的线性透视法是其作品的主要特色。
④ 意大利文：*pittura chiara*。

以便体悟其意义,这将有助于我们再次找到它——恰在此时,那位看似鲜少关注20世纪表象与存在之复杂的巴尔蒂斯闯入了我的视野。

二

巴尔蒂斯最初的艺术实践,便是对感性之存在的超乎道德的全然拒绝,我以《猫王》(*Le Roi des chats*)为例进行说明。

《猫王》是一幅肖像画。猫王是个年轻人,与画家年纪相仿。他站在一间昏暗的房间里,背对着光秃秃的墙壁,一只手叉腰,另一只手攥了起来,捏住上衣的夹里,眉头紧锁,双眼半闭,直勾勾地盯着愈发昏暗的前方。这张脸,既显现出孤傲,又流露出某种挣扎;而放在猫王腿旁矮凳上的那条鞭子则表达出驾驭一切甚或暴虐的念头——鞭子很像是用在猫身上的某种永恒惩戒的工具。另外,还有一只猫,它的确是房间里的另一个角色。它从左边过来,头倚着猫王的另一条腿。它无疑正置身于威胁当中,所以貌似很温顺,但它当然也是一位密友,一个可怕的知己。其实,在此同样的存在中,猫王和这只猫是结为一体的。如果说猫王是面对一面镜子而立,如果说乍看之下他像是在审视自己,我们马上就会意识到,其实这是那只猫在镜中的凝视,是它正在这一最隐秘的时刻探寻着自我的意识。此处,意味着某种困扰的存在。表象的话语显示出这种困扰并暴露了其他特征。而当画家以严谨的鉴定性语言描绘此人,并以不安和长长的线条无情地再现其姿态之时——画家将此归结于或希望归结于其姿态——那只小兽则以某种未定的形式和本质,与昏暗背景中那清晰且概念化的猫王形成对比。进而言之,即便画家不是贸然将那只肥猫置于羸瘦的猫王之侧,他也会让它高踞于那张牙关紧闭、目光坚毅且富于冒险精神的面孔上方的。再没有比这种对距离之渴望的拿捏更恰到好处的了。矮凳旁的石板上,那句用英语写就的铭文也再度诠释了这一切:猫王陛下的自画像。一九三七……①所以说,这句外语铭文表露出了对孤独的关注,它作为第二种语言,表达了摆脱自我的渴望,而之所以用英语表达,同样可以理解为是画家追求浪荡主义风格的标志,作品中,以波德莱尔式的细腻表现出的那种对感觉的可怜而苦求不已的风格,已然非常接近法兰西浪漫主义的品位。这位猫王②与身着哈姆雷特式服装的青年

---

① 英文:A PORTRAIT OF H. M. THE KING OF CATS painted by HIMSELF, MCMXXXV...

② 英文:King of cats。

德拉克洛瓦何其相像啊！他又多像那个以自画像尝试定义和确认自我的波德莱尔啊！这就是此处又透露出的另一种挣扎。而那只猫，明摆着就是巴尔蒂斯自己。它意味着在几近渴望自由或毋宁说不被奴役的意识中，那忍受着欲望法则之摆布的至为晦暗的"存在"，无论其孰优孰劣，都始终与现存的一切保持着一致。同时，在其怀疑与孤傲的心灵都会拒绝的黑暗同盟中，无意识的生命和自然的事物也都有其自然的属性存在，因而又是可憎的，是可恶的极限——但也是迷惑人的，猫王就受到了此种诱惑而不能自拔。渴望掌控一切，意在宣示挑战。可紧张感却暴露无遗。他的孤傲同样也是伤感。他那波德莱尔式的无限的精力也将不断地与失败、与精神上的无所依托以及厌倦的考验抗争不息。毫无疑问，受这种阴郁认知的激发，这幅暗喻缄默的画作并不想掩饰对忍无可忍之生命的拒绝。随着对所描绘对象外部认知的深化，这种狂热的愤怒[①]会背离其对象而去，而这也将导致巴尔蒂斯陷入孤傲的幻想正在迷惑并摧毁所有生命的困境。

但有所发现之地，也正是风险和否定存在之所。

换言之，正是这种行动使孤傲拥有了一种意识，从一开始便将其与付诸实践的对象相分离，并以强健的指爪将

---

① 意大利文：*furor malinconicus*。

其引向另一个同样行将毁灭但终将征服其心的现实——依我看，无论这条路何等漫长、何等荒凉，都值得走下去。曲折不会是暂时的现象。它会开始和终结于创作的每时每刻。甚至还有可能迷路。而一旦成功，还有什么能胜过他那种荡胸之坚毅？真是何等悲怆！

三

巴尔蒂斯的早期作品（从 1925 年到 1933 年）中，对孤傲还是有所节制的：但矛盾必然导致危机。那些画作敏锐激烈，富于冲击力。事物的表象暴露出某种不稳定性，这种不稳定昭示出下一个拒绝的临近。画家细致地再现了某些对象的特征，这让人联想到某种现实主义。但他却忽略或拒绝表现另一些同样必不可少的特征，于是，一种其性质恣肆且残忍的艺术表现形式便急不可耐地浮现出来，揭示出巴尔蒂斯与感性体验之间跌宕多变的关系。那个时代，既是巴尔蒂斯极力表现突兀的侧影与动作的时代，也已然是他表现沉默的时代。这方面的代表作是他 1933 年创作的《街道》(La Rue)。可以说，那是一条色彩对比强烈而令人惶恐不安的街道，画面上那些简单化的动作呈现出一种可怕的非真实，隐喻无处不在，从四面八方延展到虚幻的窗子、怪诞的招牌和诡秘的大街上。会不会是巴尔蒂斯太过粗暴的攫取吓坏了他所描绘的对象？抑或是骤至的童年记忆揭示或显露出的渐增的缺席强迫他采用了如此生硬的画法？

如此看来，或许应该对情色元素的要义做出一番解释了。作为某种基本的现实，情色元素欲将自身打造成所有现实——即欲望，但却是遭禁的欲望——的象征。对于被热切追求又被峻拒的对象，除了以情色意象将其冷峻地表现出来，又怎能更生动地演绎这出大戏？总之，每当巴尔蒂斯想置身于自身或对自己言说时，情色意象都会把自己的语言借给他。首先，他拥有这种强大的能力。这一时期的几幅画作中，拒人于千里之外的意愿强烈到近乎自虐，对亲近之人的迷恋几近淫猥的程度，但二者却能在一种冷峻的氛围中和平共处，这已然就是伟大的艺术了。但通常的情形是，情色成了一种密码，借助于该密码，所有争夺这颗灵魂的力量都被淋漓尽致地表现出来。《吉他课》（*La Leçon de guitare*）就是如此。在一间空荡荡的房子里（扔在地上的吉他，一架可见的钢琴，还有扶手椅），此种不适、恶意和冰冷的氛围中，眼前那个对世界满怀天真依赖之心的孩子正被后面那个人猥亵。这当然就是这位猫王自己所面对的风险。一颗灵魂因其内心中某种阴郁和蔑视的心理作祟而就此与其尘世的存在分离。

四

从1935年起，即从《孩子们》(*Les Enfants*)或《德兰的肖像》(*Portrait de Derain*)等作品开始，巴尔蒂斯进入了更稳定的艺术创作期。

巴尔蒂斯将猫王渴望的控制力付诸自己的创作实践。操控的本能或情感的反应成为他求索的目标，他试图以某种复仇式的冷漠之梦想，将意象的危险空间维持在某种受控状态之下，尽管其中并未羼杂新的含混。因为，当巴尔蒂斯如此致力于第二意识时，他似乎还不能完全相信——或至少让人觉得——他唯一的意图是让自己在敏感的事物面前遁形，并以不加评论、绝无个人观点的方式进行记录，从而再现对象的真实。在他看来，伟大的艺术应当是画家不在场且完全无意识的艺术——我是在该词语神秘且无尽融合的意义上使用这个词的——此种态度中有着某种真实：即赋予绘画以其原本如此的决定性证据。但这还无法确定是否兼顾了直观性和真实性，我倒是宁愿相信巴尔蒂斯在其作品中对"客观"现实最敏锐、最细微的关注，不过是他与自己之关系的某种伪装的外表。

我以那幅奇妙的《远眺拉尔坎特》(*Vue de Larchant*)为例进行说明。这幅画创作于战前。如果我们还记得《吉他课》中令人惊悚的生硬或《街道》中的粗暴,就能清楚地看到他已朝写实方向迈出了巨大的一步。在道路的远方,在耕作的宁静中,在静止的、阒寂无声的村庄上方,大教堂那不成比例的废墟就像是对悲壮与静谧的确认,是超越时间的永恒。似乎这是一处唯有真实的命运与原始的充盈和谐与共的场域。光笼罩在有形的万物和至简的大地线条那淡淡的色彩中,将所有切身的感受化作绝对的界限,其上,其下,唯有某种显而易见的真实,其他均不复存在。再也没有哪幅作品能如此忠实地再现如此本原的景象了;再也没有哪幅作品能像一座村庄和一束光线的这种结合那样,以简单的眺望暗示出从一种超越艺术的艺术、一种超越万物的生命中获取治愈心灵的东西了。总之,这村庄远在天边,就像是一块应许之地。所有偶然都在距离中消失,而那些被巴尔蒂斯牢牢把握的表象和这个世界,也因此在那球状光芒的远方闪烁,很快就变为可被理解的区域,变为这片太空,其悖论在于:我们只有在感觉的维度上才能想象出它的面目。我相信,在这幅如此理想化的作品中①，最重要的不是被表现出的对象，而是画家本人为了如此表现而甘愿舍弃的一切。换句话说，画作的表象只是一种克己的手段。它允许艺术家拒绝束缚他的东西而选择某种仍处于冲突状态的内在性，这是一种苦修，是试图在画家黑暗的大地上建立起某种冷峻的精神统治的行为本身。这的确是一幅令人陶醉的作品，它体现出心灵的全部手法。而那令人赞叹、酷似石头的伪装只是为了自己唯一的关注——但最终是为了另一块更为悲壮的石头在不大可能的自我黑暗领域中重生，要我说，那更真实。

　　一场探险就此发端，在此，对本原之物的专注描写与其深入的实践——我所说的"在场"的那个东西——是不会同时发生的。其间，猫王的道德野心和画家的敏感天赋有时会在诸如《远眺拉尔坎特》那样的创作中联手，以牺牲简单的存在为代价确保再现本原之物，但二者之间也会时有冲突，从而使同样强烈而倔强的本能——这种本能

---

① 我还想补充一点：战前的那几年中，拉尔坎特巨大的废墟对某些人（包括巴尔蒂斯）来说是不是很像某种威胁的象征和精神承诺的场域？但在巴尔蒂斯的其他风景画中更多的却是对主题的漠视，从而背离了画家和主题之间的同一种联系。我特别想到了那幅《罗马乡村风光》(*Vue de la campagne romaine*)，我想那或许是某种稍许古老的自作多情。在那儿，广阔的地平线像文艺复兴前的一些锡耶纳画家的作品那样被拉得笔直，大地占据了整个画面，最强烈的印象就是每一细节都与星罗棋布的道路拉开距离。奥尔特加·伊·加塞特关于艺术的观点是完全适用于诠释这幅画的。——作者原注。奥尔特加·伊·加塞特（José Ortega y Gasset, 1883—1955），西班牙哲学家、社会学家、政治家和随笔作家。

让巴尔蒂斯与现实世界息息相关——获胜。这既是猫王的胜利，也是他的失败。伟大的智性艺术就是从这两者的结合中诞生的，而对于深入的实践，依我看，至少在当今，一种真正的现实主义是必不可少的。巴尔蒂斯的另一幅作品也涉及这个主题。就是1937年创作的《山》（*La Montagne*）：几位步行者刚刚抵达山顶，一位年轻的姑娘向广袤的地平线舒展开双臂，她本身就象征着欢乐，一道齐腰深的影子遮住了被发现的理想的斜坡。在此，在这个复苏了童年风光的空间里，《吉他课》中那颗不安和受挫的灵魂庆贺着向本原的回归，并为那种清纯而喜悦。但喜悦中并非没有悲伤的阴影。就在这位大睁双眼的姑娘旁边，还有一个年轻女孩儿躺在黑暗中，俨然安睡或已死去。这个女孩儿是灵魂中的路西法①那一部分，这种所谓写实的、孤傲的创作，让绘画成为心灵之抱负的工具。

---

① 路西法（Lucifer），犹太教与基督教名词，典出《旧约·以赛亚书》（*Livre d'Isaïe*）第14章第12节，原意为"光明的使者"，后通常指代被逐出天堂以前的魔鬼或撒旦。

五

应该在巴尔蒂斯的艺术中回溯一下其志在必得的意志以及途径和成功。

需要指出的是,巴尔蒂斯是如何在作品中承诺了这一切并开始冒险的。早先的浪荡主义化作了伟大的创作计划。一种非现时的技艺被孤独地传承下来。曩昔旧作的任性和暴力受到稳定和"数"之艺术的制约。这一课,是巴尔蒂斯从皮耶罗·德拉·弗朗切斯卡那里学到的①。但在皮耶罗的作品中,合理的空间与平和的精神是相辅相成的,而巴尔蒂斯的作品中,形式规则只用来抑制通常平息未果的焦虑。由此,这两位画家之间的差异便出现了:皮耶罗只描绘所有冲突过后的状态,只描绘永恒中业已实现的瞬间,而巴尔蒂斯的作品中,这一切远未结束,极度静止的场景置身于某个延续的时间里,而那延续的时间却举步维艰,

---

① 与空间中"数"的法则之色彩相应的是冷色调,巴尔蒂斯偏爱这种冷色调甚至到了走火入魔的地步。显然,冷色调具有审视的功能,可以在所谓真实中引入距离感和陌异感。特别要指出的是,巴尔蒂斯探索的正是在画布上体现这种冷色调的优势,体现它们与暖色调的和谐以及这些色调之间的紧密融合。猫王喜欢这种"无心插柳"的组合。而这也正是巴尔蒂斯与皮耶罗·德拉·弗朗切斯卡——一位罕见的、对此种色调的融合进行过精心研究的画家,尤见于他在圣方济各教堂(San Francesco)创作的湿壁画——的相近之处。——作者原注

受到意欲将其打破之矛盾的威胁①。《梦》(*Le Rêve*)就是这样一幅作品。那个少女呈坐姿入睡,双手交叉置于头顶,这种睡姿本身给人的悬念便是无法持久,如此之静止本身便是一个悖论。在此,一切都似乎意味着时间的停滞。然而一切又透露出迫在眉睫的危机,透露出与梦境的展开、欲望的加剧同步的某种匆忙的秘密时间。此外,就像巴尔蒂斯在其创作中经常表现的那样,那儿还有一只猫。它正舔食着盘子里的牛奶,贪婪地平息着它那盲目、单纯的口渴。

我们无法想象在皮耶罗的作品中有什么可以打破那种静止,我们也想不明白巴尔蒂斯的作品中何以能维系那种静止。在他的作品中,空间对时间束手无策,除了《壁炉前的裸女》(*Nu à la cheminée*)那幅画以外——那幅画有一

---

① 与皮耶罗·德拉·弗朗切斯卡相比,巴尔蒂斯在精神上或许与安德烈亚·德尔·卡斯塔尼奥更为接近。事实上,安德烈亚·德尔·卡斯塔尼奥和皮耶罗·德拉·弗朗切斯卡的异同早已是巴尔蒂斯自己的问题,只需比较一下《猫王》和《皮波·斯帕诺》(*Pippo Spano*)这两幅画并思考一下圣阿波罗妮教堂(Sainte-Apollonie)里的那幅湿壁画《最后的晚餐》(*Cène*)就足以明了这一点。此外还应当把巴尔蒂斯与乌切洛的作品——譬如《街道》和《圣-罗马诺之战》(*Bataille de San-Romano*)这两幅画——做一比较。如果说库尔贝和柯罗或其他法国画家是巴尔蒂斯创作的感性源泉,那么他的艺术作为一种精神事物,的确是受到了孕育出托斯卡纳风格主义之辩证法的启发的。——作者原注。安德烈亚·德尔·卡斯塔尼奥(Andréa del Castagno,约1423—1457),意大利文艺复兴早期画家,擅长写实的透视画法。库尔贝(Gustave Courbet,1819—1877),法国现实主义画家。柯罗(Jean-Baptiste Camille Corot,1796—1875),法国风景画家。

种布鲁内莱斯基①式的令人震撼的"数"的和谐，那位直立的年轻女性只有作为雕像时才能获得真正的休憩。巴尔蒂斯不是在征服时间，相反，他是在表现时间。对于这个不可见的真实，他以某种紧张的、矛盾的或曰转瞬即逝的手法成功地为时间赋予了某种形象。是的，我现在所说的正是这个最富成果的失败。或许那正是一种求之不得、渴盼已久的孤独求败：是对自己并未构想，但却是固有和有限之物的出于孤傲的赞同。我不打算对其作品中的这个方面——即这种心血来潮的"写实主义"——给出什么定义。但可以简略地说说它的几个特征。首先是平和。当他自承不时进入稳定的形式空间时（真的，实际上还带有一种近乎猫咪式的微笑），这位猫王内心中的人性便是那期待尽头的灵感，是敞向内部空间的场域，是光明，是对空间施加的清规戒律的轻蔑拒绝。救赎即由此而来。巴尔蒂斯的很多作品都是救赎的行为。恕我直言，我会说那都是通过自我遁形表现出来的。他把握住了现实。他为画家设定了兼具客观与清醒的主题，即孤傲的忧郁。此即《裸女与猫》(*Nu au chat*) 那幅作品之源②。那幅作品比米开朗琪罗

---

① 布鲁内莱斯基（Filippo Brunelleschi, 1337—1446），意大利文艺复兴早期颇负盛名的建筑师、雕刻家和画家。
② 我不相信这幅画有任何复制品，纽约现代艺术博物馆举办的巴尔蒂斯作品展目录中有一幅同名画作，但不是同一幅。——作者原注

的《夜》①更敏感，当然也更放纵，但也像米开朗琪罗的作品一样充满了沉默与平和。这种遁形的表达会不时地将巴尔蒂斯置于更为艰难的考验当中（这一点我们将在后面谈到）。但这终归是一种救赎。

六

从《圣-安德烈商业廊街》（*Passage du Commerce Saint André*）开始，猫王喜欢上了隐藏起自己的创作意图，他希望以自己真实而静止的艺术征服这片曾以《街道》为意象的暴力街区。

总之，他准备将这幅作品当作他的终极挑战。意大利绘画艺术的训练成就了他。这场战斗果断地在对手的地盘上打响，这个半封闭的廊街很像是画家熟悉的黑夜犹存的精神场域。在那儿，肃穆的神殿已然精心竖立。它由纵横两部分组成，以布满窗子的墙壁醒目地标记出来，还有在

---

① 《夜》（*la Nuit*）是米开朗琪罗在美第奇家族历代的礼拜堂——佛罗伦萨圣洛伦佐教堂（S. Lorenzo）创作的四大著名寓意雕像之一，表现的是一位身材优美但身体的肌肉松弛无力的女性，右手抱头，昏昏沉睡，脚下的猫头鹰象征着黑夜的降临，枕后的面具则象征着噩梦缠身，寓意她似已心力交瘁，唯有在梦境中才能得到安宁。

空间节奏中看似汇聚实为孤立的各色人等。在此，没有什么是偶然出现的。一切都在以对称的比例和形状相互应和，其目的便是界定本质、消弭时间。但为何它能引发我们的焦虑？难道这种焦虑不是由于对称性——这种对称性嬉戏于虚假的窗子之上，而那些窗子却既无装饰又无生命——而产生的么？每个人物也同样如此，只要略加关注，我们就会发现他们非同一般。每个人脸上的表情似乎都笼罩着遗憾、讽喻或记忆，我们会认为那些表情都已变形，状如梦幻，且即将揭示出其潜在的含义。在我们极度焦虑的梦境中是否有某个秘密暴露出了自我？但这里，空间确实变了样。亟待表现的现实反遭现实的驱离。它在言说着其真正的性质，即精神的深渊。它暗示"廊街"一词其实另有所指。可以指"路过"的某人。某个时刻，那远去的年轻人曾与眼前那个怪兮兮的女孩儿擦肩而过。某个人走过去了——命运如是说。这种"路过"，揭示出对可能性的扼杀。就像巴尔蒂斯把借来的脸安在那个孩子的肩膀上一样，在犹疑的瞬间只有误会和缺席，别无他物。我们必须理解这类相遇意味着什么。这幅正自言说的画作会阐明它的性质。画中，有个人远去了。但在此，在某种审美意图的高度上，记忆变成了光谱，仿佛那远去者正逃离"数"的陷阱。我们再看看左边那三个玩耍的孩子吧。他们本就在此，是从灰色的石头中再度绽放的生命本身。悬起的手势、未知的色彩、来自另一个世界的微笑，巴尔蒂斯从未描绘过如此众多缺席的脸，从未描绘过比这更危险的蜃景。存在的迷醉、浮现的虚无，回应着孤傲的真实那一以贯之的计划，对猫王的统治报以绝对的服从。而这，就是那擦肩而过之相遇的含义。面具之下①，那个女孩儿即代表着此地本身。而巴尔蒂斯以其智性的方式诠释了她眼前的虚浮。创作《圣-安德烈商业廊街》是一件苦差事。巴尔蒂斯几至极限，他切身体验的疑虑甚或达到了恐惧的地步：当然，若非如此，那商铺的红色、那成片房屋上与木制百叶窗闭合得如此完美的奇妙的红色、那属于绘画史而非尘世的红色，就绝不会是对艺术内在价值的绝望肯定，也不会是直面如此虚空而向绘画的能量、向那些伟大逝者的教诲发出的呼唤。

在此，我想略做停顿，谈一个细节。

我要说的是巴尔蒂斯的一幅旧作。我第一眼看到他1928年创作的《街道》时就意识到了这一点：一个小男孩目不斜视地向前走着。不知他来自何方，也不知他去往何处。但对巴尔蒂斯来说，作品中领着两个孩子散步的父亲那个画面应该是一种遥远、模糊的记忆，是潜意识中的回

---

① 根据辛尼加利亚教堂的圣母像（*Madone de Sinigallia*）中众天使的形象——她们象征着"对称"和"数"的美学——给我的启发，我觉得这个女孩儿是戴着面具的。——作者原注

忆，我乐于相信这一点。总会有这样一些偶然的时刻，在某条街上，因迎面碰到的某个人，因其关注的目光，一个孩子会对他人敞开心扉——这取决于他本身在场的质量。以巴尔蒂斯的才智而言，这成了他此后屡屡重返的源头。我发现，在第二幅《街道》的近景里，那个陌生的小男孩承载了这幅作品中蓄积的全部能量。而《圣-安德烈商业廊街》不过是《街道》的翻版，心灵法则希冀统辖于此，我还觉得站在一扇门的黑色门槛上的另一个孩子也有着同样的眼神。那个孩子，那个小男孩儿，身穿一件长长的围裙。从合理性的角度观之，也透露出很多信息。我们难道不该从他身上确切地认知另一种现实么？他偏后一些，离得有点儿远。似乎明白有某种伟大的孤傲在拒绝他，甚至他还要受苦。但尽管如此，他依旧在场，而其生命承载着他所有的奥秘，并守护着这个黑暗的世界。实际上，这个孩子就是"存在"的另一种方式，或毋宁说，是他的另一个时刻。在光谱的世界之外，那形象在薄雾的笼罩下仍很朦胧，但它意味着缺席中重新回归的在场，它言说着存在即是相遇，是"有限"和凝视。巴尔蒂斯迷恋真实或"数"，而真实或"数"不过是艺术家与想要徒劳掌控自身的自我之间之关系的幻象。但在这里，他再一次跨越了这片缺乏想象力的区域，并以此种凝视的非形象性和超验性，为伟大的现实主义重新奠基。

我还想把猫王的形象与巴尔蒂斯的另一个形象做一下对比。

我想我是在他最美的一幅画中发现这一点的，就是那幅《金鱼》(*Les Poissons rouges*)。桌上，金鱼在一个敞口的球形鱼缸里游弋。一只猫趴在桌前的一把椅子上，露出人类的狞笑。右边站着一个女孩儿。桌子后面来了一个小男孩儿，身高刚刚超过桌面，他两手扒住桌沿，圆圆的大脑袋靠近鱼缸，似乎在戚戚重复着金鱼无望的游弋。其实，这两个球状体在其绝对关系中就是主体和客体。那孩子专注、贪婪、担心地凝视着金鱼。他全部的生命都在金鱼身上，他完全是在冒险，他接受了寄身金鱼的他的死亡。他在那些事物的本质上迷失了自己，虽没有任何回报，但却获得了救赎。

七

在此，或许还有最后一个问题。

这种漫长的创作冲突会有终结的一天么？巴尔蒂斯最近的一些作品给人的印象是，他在孤傲的法则和极大的平和之外已另辟新径。我想到了《穿衬衫的裸女》(*Nu à la* chemise）那幅杰作，那高而纯的身姿宛若石像，目光也不再发出追问，画作中，青涩与成熟在一位休憩中的埃及女郎之身重归于好，与遁迹行为和古代代数的严谨都全然不搭边。那可真是一幅神圣、智性的画作，画布的空白部分从尘世的矛盾中分离出来，一如古色古香的金黄背景。同样，那幅小风景画《农家小院》（*La Cour de ferme*）也将冬日里的树木和雾霭表现得尽善尽美，依我看，它比《远眺拉尔坎特》更好地暗示出对大地、生存和命运的礼赞。《窗》（*La Fenêtre*）也表达了同样的精神。画中的近景里可以看到房间，那是心理中的世界。但窗子是敞开的。窗外绿树婆娑，表明这是夏季，是被选中之家园的鲜活世界。这种自然和自我意识之间的媒介是位女性。她童年的面容依旧，却没有巴尔蒂斯作品中其他孩子的那种不安或悲伤。一幅画作的变化果真悬殊若此么？但这位猫王的新作《三姐妹》（*Trois sœurs*）或许才是他的代表作。三姐妹隔绝于某种令人窒息的光线中，静止于午后的闲暇时刻里，这终究是空间的凯旋。是的，这幅画太让人惊叹了。"数"与色彩之间，数种倏忽的交换在沉默中噼啪作响。三具肉身简化为最为物质化的法则、体积、重量，犹如面对致命威胁时装死的小兽，古老的虐待狂于其中复活。移动和生命最终都被从生命之怀中驱离！不，我不认为巴尔蒂斯曾摆脱过我提及的那种二元性的影响。他属于在暗示或朦胧中做出见证的那些人之一，他见证了欲望及其对象，也见证了情感的高潮和喜悦。这与他 1949 年创作的那幅名为《房间》(*La Chambre*) 的杰作想要表达的寓意是相同的。那幅画中，沉重的阴影充斥于心理的空间。远处，一只猫在静静地观察。椅子上，斜倚着一个年轻的女孩儿。她全身赤裸，脸庞侧转。光线从右侧射入。光线来自一扇高大宽敞的窗子，那扇窗原本被窗帘所掩，却被一个性急、表情恶毒阴暗的侏儒伸直双臂奋力拉开。我们原以为他正在打开窗帘好让阳光涌入，并以此动作击退并赶走潜意识中的压抑感、来自远方的古老精灵以及灵魂之夜的守护者。而胜利的印象同样来自那如此光彩夺目、如此贞洁且深知居于黑暗房间中央的躯体——所以说，那怪物真的是正在拉开窗帘么？难道他不是打算（以同样的动作）扯下窗帘并重新压在那个惊恐的受害者身上么？此即真实的暧昧。而此种暧昧，便象征着命运。

拉乌尔·乌贝克[①]

我感觉乌贝克的艺术谨慎而严肃,有分寸感,通常很冷峻,总有点儿沉闷,并很自然地融入了法兰西绘画传统。那种清晰,那种希望表现得更为丝丝入扣的渴望,那种力求简洁和浓缩的意愿,那种精神之光中的某种宁静,就是我们的艺术流派中那些古老的油画和水粉画所具有的美德[②]。但若将这些美德与"画派"一词发生联想,也会生

---

① 《拉乌尔·乌贝克》(*Raoul Ubac*)首次发表于《镜后》(*Derrière le miroir*)1955年第74—76期。拉乌尔·乌贝克(Raoul Ubac,1910—1985),比利时摄影家、画家和雕塑家,新巴黎画派(*Nouvelle École de Paris*)的画家之一,生于普鲁士,卒于法国。

② 我将法兰西绘画称为逐步形成的传统。它表现的不是某个民族,也不是某个种族的功业,它如同希腊的雕塑艺术或佛罗伦萨的绘画风格一样,只是心灵上的一种简简单单的可能,并按其自身逻辑发展起来。任何人都可以选择成为一位法兰西风格的画家。菲利普·德·尚帕涅便是例证。拉乌尔·乌贝克本人也来自比利时的阿登地区。——作者原注。菲利普·德·尚帕涅(Philippe de Champaigne,1602—1674),法国古典主义画家,原籍比利时。

发出不确定的含义……有些艺术家的宿命就是发掘往昔，乃至基于本能地再度创造，并以永远无法自料的方式在迷失自我的途中渐次明确自身的愿景。我并非在研究乌贝克的作品，我只是想说，他在自己的作品中发现并践行着法兰西绘画传统中的一种主要的品质，即既有能力理解并热爱其他国家的艺术，又有能力在兼收并蓄的同时将其融入法兰西绘画的法则。例如，乌贝克作品中融入了很多北欧元素。这些元素存在于北欧的古文字字母、爱尔兰十字纹雕刻当中，但他并未刻意强调对图形的关注——比如他的《线团》(*L'Écheveau*)、《犁》(*La Charrue*)和其他一些石板浮雕。乌贝克本可以像当今许多画家那样屈从于符号世界的诱惑。他本可以在原本可归结为背景的空间中自由放飞那些铭刻着我们这个时代之怀疑的独立形式。这样的一种艺术，由于难以表现对象，只能转而在其自身的激烈意象中寻求绝对的意义。要么，如果他乐意，他可以致力于成为某种关系和"数"之完美的爱女；要么，如果他更愿意改弦更张，他可以屈从于多样性题材的晦涩或尖锐的呼唤；而他，却在偶然的背景下为自己另辟蹊径。乌贝克不赞成图形自律。他不能接受对纯形式的迷恋而打乱他在其作品中对本原之物的更高层次的沉思。而这种对吸引力的控制，使他得以成为一些法国画家的嫡系传人。那位"穆兰的大师"①亦是如此,还有乔治·德·拉·图尔②和普桑③,他们都曾精心研习过外国绘画并取长补短。如果不是拉·图尔在经过认知、思考和扬弃之后将卡拉瓦乔④的风格清晰地再现出来,如今卡拉瓦乔画派的传人还能所剩几何?这些画家——以及为数不多的其他画家——都是在为存在而进行控制。他们的关注发乎内心,并找寻机会使之成为规则。他们也因此保留了一种审视和纯粹的传统,这种传统为体现绘画作品的醇美和谐贡献了最丰富多彩的方法。存在,对富凯⑤以及夏尔丹⑥或德加⑦来说,首先是人们明确表达出的那个东西。一幅裸体画远比任何炫耀技巧更能传达出这种存在的奥秘。这并非直觉的问题,而是研究的问题、学习的问题、匮乏与否的问题。法兰西艺术历来都有所规制。这无

---

① 穆兰的大师(Le Maître de Moulins),指15世纪末法国画家让·海伊(Jean Hey,1455—1505)。他曾为法国中部阿列省(Allier)的穆兰圣母院大教堂(Cathédrale Notre-Dame-de-l'Annonciation de Moulins)绘制过著名的三联画,故以"穆兰的大师"著称。
② 乔治·德·拉·图尔(Georges de La Tour,1593—1652),法国画家,17世纪卡拉瓦乔风格艺术的代表。
③ 普桑(Nicolas Poussin,1594—1665),17世纪法国巴洛克时期的重要画家。
④ 卡拉瓦乔(Michelangelo Merisi, le Caravage,1571—1610),意大利画家。
⑤ 富凯(Jean Fouquet,1420—1481年之间),法国画家,15世纪法国绘画的革新者,被认为是文艺复兴时期伟大的画家之一。
⑥ 夏尔丹(Jean-Baptiste-Siméon Chardin,1699—1779),法国画家,静物画大师。
⑦ 德加(Edgar Degas,1834—1917),法国画家、雕塑家。

疑就是伟大的矫饰主义或巴洛克风格的作品在法国存世寥寥的原因，也是有些原始的、手工的以及令人挂怀的作品，即使很容易制作，却依旧能保持其经典性的原因。我恰恰就是在这一点上发现了乌贝克的。他极力践行着我说过的那种一丝不苟的工匠精神。他画得很慢，他满怀敬畏。他拒绝了很多东西。我坚信他所谓的真实就是在经过卓绝努力后再现的简洁。乌贝克的绘画不是抽象的，而是讽喻的。此类绘画让现实听命于遴选和排序的权力，而那权力便是记忆和命运。它有如僧人苦修的精舍，建立于本质之场域的峰顶。在谈过此类绘画的心灵本质之后，我要略做小结：那是某种因严格取材而导致的峻厉。乌贝克的风景画中，居于突出位置的元素是一块灰色的石头。这块石头并非实物——除了《圣·格劳》(San Grau)或《斑点图画》(Tableau aux points noirs)以外，从没有任何画作表现过这种石头——它完全出自想象。至于乌贝克赋予它的意义，我们可以从他的一篇旧作，即发表于《第三队列》(Troisième convoi) 1946 年第 3 期的《盲目之美》(La Beauté aveugle)中窥知其戏剧性和精神性的深层含义。"如今，"他写道，"将自己托付给拥有自主权的石头之后，我们终于能明白自身的赤裸，终于能掌控那种只能证明自身盲目力量的含义，这种含义会定期向我们提供某种最后的资源……"乌贝克所说的石头，是某种"存在"的隐喻。

从一个早已蜕变为老生常谈的世界看来,这种隐喻暗示着一种更致密的和谐、一种沉默,以及取决于我们内心动力的光明或黑夜。

文艺复兴绘画中的时间与永恒①

一

在就文艺复兴绘画中的永恒与时间主题阐发几点看法之前，我想先谈谈在座诸位肯定都曾经有过的一种感受：流逝的诸多世纪并未能更多地善待皮耶罗·德拉·弗朗切斯卡的作品。在阿雷佐②，在圣方济各教堂，唱诗班席位后墙上的湿壁画已然斑驳龟裂，曾经鲜艳的色彩如今黯然失色。信手涂鸦使壁画剥落，似乎认可了时间以其黑手实施的毁灭行为。事实上，阳光时而会透过大玻璃窗投下群鸟

---

① 《文艺复兴绘画中的时间与永恒》(*Le Temps et l'Intemporel dans la peinture du Quatrocento*) 系博纳富瓦在哲学学院 (le Collège de Philosophie) 的一次演讲，首次发表于《法兰西信使》(*Mercure de France*) 1959 年 2 月第 335 期。
② 阿雷佐 (Arezzo)，意大利中部城市，文艺复兴之父彼特拉克 (Francesco Petrarca, 1304—1374) 的故乡。

的影子，那影子越过《真十字架传奇》①时，犹如穿越废墟。再没有什么地方像此地一样，"万劫不复"这个恶魔所凭据的理由和证据足以迫使我们放弃任何不切实际的希望。可它带给我们的伤感却并不能持久。另一种感受会随即取而代之。我很乐意和亨利·福西永②一样，把这种感受命名为"心安理得"（sécurité intellectuelle）。可以想见，这幅作品正在其可见的墙面上岌岌可危；而作为作品，其精神层面上的东西，它在"观念"范畴内揭示出的一切则将其恒定的本质呈现给我们。其中蕴含着某些会被黑暗遽然裹挟而去的启示。这些启示推动着我们前行，那是"瞬间"馈赠给我们的不大可能的礼物。在格列柯③、丁托列托④和伦勃朗⑤的作品中，真正犀利的直觉似乎只能伴随着如影随形的灾难，近乎挑战前的暂歇。但在此地，在阿雷佐，情形终于有所和缓。我们并未感受到威胁。或毋宁说，这种威胁已意义不再，似乎它仅仅是我们自己的困惑和混乱，仅仅是因为某种浅显易见的原始结构被发现——从中可推导出一种不竭的真实——而从意象的清晰空间中被彻底驱离

---

① 《真十字架传奇》（*Histoire de la Vraie Croix*）是皮耶罗·德拉·弗朗切斯卡创作于阿雷佐圣方济各教堂（l'église Saint-François）的系列湿壁画。
② 亨利·福西永（Henri Focillon，1881—1943），法国艺术史家。
③ 格列柯（El Greco，1561—1614），西班牙画家、雕塑家，生于希腊。
④ 丁托列托（Tintoret，1518—1594），意大利威尼斯画派画家。
⑤ 伦勃朗（Rembrandt Harmenszoon van Rijn，1606—1669），荷兰画家。

了。由此，人们想以几何学的方法在图形中尝试更简洁、更合乎规则的结构。由此，人们想以力学的方法将问题简化为所谓的"消弭时间"模式，让作品中那些可理解且固定不变的关系通过时间显露出来。那么，皮耶罗又做了哪些归谬呢？确切地说，我相信就是时间。

二

绘画涵盖时间的方式是多种多样的。

首先，绘画通过其行为本身在我们内心呈现，或不如说，它是我们内心的再度创作。认知作品需要时间。遇到难点，弄通了，有取有舍，接受或不接受，这一过程需要时间，需要一定的时长，以便让画家自身的理念最终以我们所能接受的方式在我们内心复活。尤其重要的是，正如柏罗丁在《论智性之美》(De la beauté intelligible)中谈及的某种更为本质的对象一样，我们必须先行摒弃自身的固有之见，才能真正理解我们想要看到的对象；但我们又必须坚持己见，方能使一己观念逐步成熟：通过不断学习，从分到合，从被动到确认，从觉醒到梦想（如果我们想这样做的话），直至获得不大可能获得的全面体验，这才是梦想之幽径与理性之开悟的结合。我们要研究画家抵近时间的方式，研究其在作品深度上可能付出的精力，从这一深度解读出发，方可从符号到符号、从蓝点到外袍，发现画作所要表现的圣母形象，再从中发现圣母微笑的细微差别或对形式的强调，进而达至某种"绝对"。但我想说，我要谈的并非语义学上的深度或符号学上的时间。我关注的是另一个时间，这个时间就存在于画作本身，就像其外表所呈现的那样。请看这幅拜占庭风格的圣母像，它是穆拉诺教堂半圆形后殿的一幅马赛克镶嵌画①。你们看，我们从那幅高高在上的画像上是看不到或几乎看不到时间之面孔的，而这一次，我经由"时间"一词，领悟了吾侪"存在"的这个现实，领悟了时而会引发我们关注的这个对象，而那些俨若哲学家的画家在面对此类对象时，是一定会留意并驻足审视的。更准确地说，我们无从想象该姿态、该瞬间在曩昔和未来会是什么。此即我们在这一延续的时间里因无法为其定位从而认定它们源自永恒的原因。同样，在面对此类征象时，我们也会在创造和毁灭我等生命的这一时间的多重推拉中稍有逃遁。这种对作品的解读，这种随时间而走向成熟的渴望，这种以时间构成我等之时间的行为，引领着我们超越时间。我们惬意于此。依我看，马

---

① 指意大利威尼斯穆拉诺岛（Murano）上的多纳托教堂（Santi Maria e Donato），该教堂里有一幅著名的马赛克圣母镶嵌画，创作于公元7世纪。

赛克镶嵌画或祭坛画，此类作品的质感和相对可持续性更富于逻辑，其举足轻重的稳固性令作品效果倍增，而且画像及其所有空间的外在位置都仿佛是为超越时间而打造的。

一幅画像，无论怎样创作，都应当是一种标志（*icône*）。我们再看看另一幅圣母像，其创作时间稍晚，属于13世纪的托斯卡纳风格。画家肯定希望它能像穆拉诺教堂里的那幅圣母镶嵌画一样主宰我们尘世生命的时间。而我们在永恒依旧的背景下看到了显露出的眼神和手势，在那个扭动并开始微笑的圣子身上发现了某种局部的，但却是确凿之时间的迹象。我们是否至少应该认为，无论画家自觉与否、是否始终如一，他始终都在渴望永恒？这就是保罗·乌切洛在其《亵渎圣餐》(*Profanation de l'hostie*) 那幅画中意欲表达的想法：它需要的唯有时间。不，当然并非如此，因为它表现的是某种行为和某个重大危机的瞬间。他本可以用一种超然物外而平和的方式表现这种恐怖，因为已有那么多早期的殉道者给我们留下了例证。如果说这幅《亵渎圣餐》是由时间所"造就"，那是因为它在手指的震颤或目光的凝视中对即将来临的未来及其潜在的悲剧忧心忡忡，是因为它正在言说着我们称作"时间"的那个不安、繁复之计划的存在本身。保罗·乌切洛是一位钟爱时间的画家。他以自己的方式找到了为时间赋予面孔的方法。首先，每个表现对象都意味着某个时间，那是由其形象反映出来的。在拉·图尔《忏悔的抹大拉的玛利亚》(*Madeleine*)那幅画中，那束燃烧的烛光就言说着自身耐心而有限的时间，它也象征着人的时间；那位女郎凝视、悬停的目光表现出沉思的停顿；而那具骷髅则象征着永恒，但首先象征着死亡之必然。但这些对象仍不过是象征。这幅画中，时间被其最暧昧、最著名的命题以更深沉的方式暗示出来——很快，这一命题就被称作"深度"(*de profondeur*)了。

有人说深度是为了表达空间而渐次发明出来的：这问题提得不太对。实际上，平面在绘画中只是存在的方式，而场域则来自形式，来自本质和永恒。如果说一定要在绘画中把每一次移动或每一个动作都悉数表现出来——比如说罗马的艺术，比如说圣萨万修道院①里的罗马壁画中那些栩栩如生的神话形象——那就说明这是一次本质的、典型的、静止的和超越时间的移动。所以说，深度的表达仅能支撑物质的维度，即感性世界的黑夜。它用怀疑取代了确证，用真实的时间取代了神圣。是的，时间只能通过移动的速度，通过犹疑、暧昧、矛盾的程度在作品中表现出

---

① 指位于法国维埃纳省圣萨万市（Saint-Savin, Vienne）的梭尔-加尔坦佩修道院（Abbatiale de Saint-Savinsur Gartempe）。该修道院以保存完好的11—12世纪罗马时期的湿壁画闻名于世，被誉为"法国的西斯廷"，1983年被列入世界文化遗产。

来：这就是我在前面所说的圣萨万修道院的湿壁画与丁托列托《圣马可的奇迹》(*Invention du corps de saint Marc*)之间的根本区别。反之，"空间"形象总要比平面形象更抵近所要描绘的对象。它是另一事物的简单形象，总之是一个存在的形象，但不再象征上帝。

三

我之所以谈及空间这个话题，是因为15世纪的意大利已经从透视法中发现了可以用令人赞叹的清晰来阐释时间中众多形而上学问题的机会。

一切似乎都水到渠成。对地表或废墟中的文物的修复工作很早就开始了，随着修复工作的展开，一种认为"残缺文物或许更为生动"的时间观念出现了。例如，1340年前后，锡耶纳①出土了一尊"据称是留西波斯②"创作的雕像，这尊雕像令人叫绝，可惜不久后就在这座城市的一连

---

① 锡耶纳（Siene），意大利城市名，其老城中心区1995年被列入世界文化遗产。
② 留西波斯（Lysippe de Sicyone，公元前395—前305），又译为利西普斯，古希腊雕塑家，曾为希腊化时期的雕塑艺术带来革新。

串厄运中因为迷信而被毁掉了。此时，距杜乔①创作《圣母子荣登圣座》(*Madone Rucellai*)还不到五十年。这究竟是两种什么样的精神在相互碰撞呢？一方面，古希腊关于时间的观念在那些再现的形象中依旧存在，一如其静谧的灵魂，就像亨利·科宾②所说，该时间似乎是一种"自然的、机械的时间，即生物学和物理学意义上的空间运动"。另一方面，在那些再现的形象中，"生命"却丝毫没有显露出来，因为科宾又强调说，由于个体的灵魂系由观念和纯粹的形式所构思，因而总是趋向于将自身关于人类的概念与最普遍的概念混同起来。古希腊艺术中的那些最优美的雕塑就是如此，它们似乎陷入了自然的甜美之中，眼睛像动物的双眼一样半睁半闭，而精神却从构思、焦虑和未来转向了直面永恒的某种持续的和全身心的参与。看到永恒能如植物自身运行的汁液一样跃动在人类的姿态当中，又有谁能不为这样的经典艺术心醉神迷呢？在这样的自然中，死亡似乎消弭了，其他那些局部的、分散的或难懂的意象似乎也隐秘地完成了。而这，正是对伟大的拟人化艺术的隐性需求。为了能把人类的真实包裹在其物理性在场的形象当中，为了能使该形象在形式和空间的范畴内悉数表达

---

① 杜乔（Duccio di Buoninsegna，约 1255 至 1260—约 1318 至 1319），中世纪意大利最具影响力的画家之一，锡耶纳画派的创始人。
② 亨利·科宾（Henry Corbin，1903—1978），法国哲学家、翻译家和东方学者。

自身，就必须先让我们内心中的人性认知自身的本质，也就是说，人性中并没有什么深渊、撕裂或断裂——这样的时间观念反常而昏昧、贪婪且无能，完全是最初几个世纪的基督教强加给这个世界的。

的确，希腊艺术中已有诸多迹象表明那观念不过是个白日梦。我仅举出几个类似墓志铭的例子来说明那种日渐增长的忧郁：

——哦，查里达斯，那下面有什么？
——无尽的黑暗。
——是夜色升起了吗？
——一个谎言。
——那冥王么？
——一个寓言。
——我们迷失了！

诸位，这就是卡利马科斯①的思想。在各个方面，在神秘宗教和犹太教传统中，新的精神矛盾日益严重。而这正是柏罗丁猛烈抨击该观念时意欲表达的意思，这一观念

---

① 卡利马科斯（Callimaque，约公元前305—前240），古希腊诗人，亚历山大里亚派诗歌的代表。

在古代世界即已根深蒂固,依此观念,美即对称[1],是局部与整体间相互应和的和谐。柏罗丁说,和谐涉及各个方面,也就是说,和谐涉及各自分离的方方面面。故而唯其为"一"、唯其万径归"一",方能成其美。这就要求艺术把超越现实作为目标,作为其不可能的目标。为此,必须摆脱一切,摆脱所有形象的束缚,俾在结合形象与实物的感应中重获"智慧"或曰"智性"[2]的表达,这才是唯一的真实——因为柏罗丁式的艺术并非贫瘠的艺术,恰恰相反,再无他物能如它一般包容简单形式中的绝对和石头中的光芒了。安德烈·格拉巴[3]曾阐述过柏罗丁的观念与最初的基督教艺术之间有着怎样密切的关系。而如何呼唤出作品中的"绝对"、古典时代晚期[4]的技术、对空间的否定、逆向或辐射的透视、"回归"典型的形象和让自然形态遵循规则的几何图案,则是柏罗丁思想中最富逻辑性的思考。整个中世纪,直至契马布埃[5],意大利继承的全都是这种艺术及

---

[1] 希腊文:συμμετρια。
[2] 希腊文:νοῦς。
[3] 安德烈·格拉巴(André Grabar,1896—1990),法国艺术史家,原籍乌克兰,20世纪拜占庭艺术史的奠基人之一。
[4] 古典时代晚期(antiquité tardive),又称古代晚期、晚古时期或近古代,是历史学术语,意指古典古代到中世纪之间的时期,该时期涵盖了大部分欧洲地区和环地中海地区。史学界通常将这段时间界定在2—8世纪之间。
[5] 契马布埃(Giovanni Cimabue,约1240—约1302),意大利文艺复兴之前重要的画家之一,相传为乔托的老师。

其永恒的情感。因为——此点至为关键——它已然在直面"永恒"与"时间"。那些始终循自然和观念探索的人至今仍争执不已，哪怕像上帝与神秘在狂喜中相遇。而神秘的时间就是谬误、希望和苦难的时间，最终，人们会从差异中了解到这一人所不知的存在之时间的价值。面对一座座教堂的半圆形后殿中那些伟大的作品，时间似乎只想融入其中。意象有望恢复。

当然，这一"时间"出自对死亡的某种思考。它很像某种虚浮，很像某种死亡的征象，我们从这些中世纪的绘画中可以看到它们在古希腊业已成熟之技巧的超验性和拯救之下所发生的改变，而当我们将这种改变与拉文纳那对在象征死亡之不朽的凯乐符号[1]两旁相对而立的孔雀进行比较时[2]，波利克里托斯[3]的经典就被导向了某一神秘的含义，"数"嬗变为象征，几何学则回归其最为突兀的形式。

我必须说，这犹如欢乐的诞生。

---

[1] 凯乐符号（chrisme），早期的基督教符号，代表耶稣基督，至今仍由一些基督教分支（如天主教）所使用。

[2] 博纳富瓦在《拉文纳的墓葬》一文中曾谈到过这对孔雀："在拉文纳，有一个纹饰图案家喻户晓，或许也是最美的，至少其意义最为重大——它表现的是两只孔雀，立姿，相对，线条夸张而简洁，它们在同一只圣餐杯中饮水，或啄着同一株葡萄藤。在那些与大理石绠绠相勾、缠绕交织的神奇纹饰中，这两只孔雀代表着死亡与不朽。"

[3] 波利克里托斯（Polyclète），古希腊雕刻家，活跃于公元前5世纪后半期。

四

因此，在文艺复兴的源头，我们发现自己面对着两种时间的概念和两种基本的创作方式。但若没有第三种因素的出现——这种因素在1400年前后发展为一种强烈的危机因素——这个伟大的时代本来是不会取得如此巨大的成就的。这个新的因素，就是重视了先前素被忽视的"时间"，就是重新开始评估"有限"。

当对尘世时间之内涵的关注日渐强烈，但以该关注的卑微之地位尚不能改变什么的时候，我们应当回顾一下13—14世纪的历史。当时，艺术虽然始终在表现人世沧桑，但它还处于边缘地带，还只能长期屈尊蛰伏于风景画、乡野画和诙谐画等几个有限的类别当中。当"永恒"已然以建筑和主流艺术的全部庄严而肃穆登场之际，人们还只是把表现日常的"时间"当作某些教堂祷告席的装饰物。换言之，如果任一时段的"时间"都能在某幅画中觅得一席之地，它也就能与"永恒"平起平坐，且无须费心即可成为独一无二的真实了。当时，人们曾兴奋地谈论过这种经院式的、既想虑及人的共性又想兼顾人的个性的"不可能的结合"，却总是徒劳无功。哥特艺术亦复如是，人的姿态始终无法体现，那姿态总是与神圣原型四周难以实现的空间格格不入。更不用说神职阶层还以其等级制度来对抗这种真实瞬间的结合——对于这一点,只需想一想西班牙礼拜堂里的那些绘画就能明白了!而此时的意大利,却早已着手对这个既如此现代又如此古老的哥特式世界进行人文改造了。但丁的作品就是如此,在一圈又一圈的地狱中,人的"时间"不是身陷囹圄就是病弱缠身,像坦塔罗斯[①]一样化作其始终未果之行动的无尽投射,但这种行动对于反思本原之物的重要性何其振聋发聩,又是何等严肃啊!我们肯定还记得《神曲》中弗兰采斯加[②]说过的一段话。那段话让我们顿悟:

这本书……
那天我们就不再读下去。

保禄和弗兰采斯加之间致命的爱情就在那一瞬间觉醒

---

① 希腊神话:宙斯之子坦塔罗斯(Tantale)藐视众神权威,为测试众神是否真的无所不知,他烹杀了自己的儿子珀罗普斯(Pélops)并邀众神赴宴。宙斯大为震怒,将其打入冥界。坦塔罗斯站在没颈的水池里,口渴欲饮,水则退去,饥饿欲食,却无法摘下头上的果子,终生要忍受饥渴的折磨。
② 弗兰采斯加(Francesca)和保禄(Paolo)是但丁《神曲·地狱篇》第五歌中描写的一对恋人:美丽的弗兰采斯加因政治婚姻嫁给了保禄的丑八怪哥哥,苦闷的她在与英俊的保禄读书谈心时坠入爱河,当这对情侣拥吻时,被突然出现的弗兰采斯加的丈夫杀死并坠入地狱。

了。这个"瞬间",原本是可以在时间中找回的,它原本可以转向律法那永恒的形象,原本可以召唤保禄和弗兰采斯加念及自己的责任,念及现实,无疑也会念及虚幻,总之是念及道德,因为那瞬间完全是骤至的。我们可以看到,该瞬间已不再是神秘生活的瞬间。它并未走向完美,而是陷入了人类至暗的境地,在冒险之决定的荆棘丛中迷失了自我,魔鬼当然就藏身于此,藏在死亡之域。可但丁又接着写道,为了让弗兰采斯加能够言说,狂风止息了。上帝的怒火也在顷刻间归于平静。这隐喻真是叹为观止,我们听到了神在其中呼应着那依旧被我们视为堕落的世俗生命的声音。但丁本人也为此而感动得昏厥过去("像断了气一样"跌倒在地),不得不忍受这如死一般的时代的不幸。

乔托的作品也有着同样的情形。人们称他为感性世界的开拓者我并不认同。他的作品除了装饰精美外并没有什么眼界。可就是他,发现了人的姿态和人的时间。你们看,在《不要碰我》(*Noli me tangere*)那幅画中有着怎样的喜哀怒乐,在《哀悼基督》(*Déploration*)中那迟疑和爱的抚慰又直面着怎样无可挽回的场景啊!仅能存于时间者,终归交由时间实现;时间才是永恒和唯一的天际,因为在帕多瓦①《耶稣诞生》(*Nativité*)那幅湿壁画中，焦虑和希望都系于诞生之上——此地无生无死，时间的所有行为尽皆消隐——这对表现神圣大有助益。当然，乔托并未就此而赋予世俗时间以至高的价值。他仅仅是以某种令人钦敬的逻辑推导出了"耶稣在时间中道成肉身"这一结论，这就意味着：上帝之所以在某个有限的和死亡的时间里（甚至是在某个谬误的和罪恶的时间里）接受了这副面孔，正是为了战胜死亡，即战胜时间。但如果不能渲染我们所说的需要请某位神祇来阻止死亡那句话，也就很难引发人们的关注。乔托把这个决定权赋予了战败者。从此以后，"时间"变得可见了，赞同表现时间的话题也随即提上了日程。

由此形成了两派。一派试图拯救永恒中尚未播扬的思想。这一点确实是做到了。但能因此就说这一派是最好的基督徒么？——并非总是如此，假如"永恒"在其固有的形式中的确逐渐改变了含义，重又成为概念、成为心灵的智性王国的话。对此我稍后会加以说明。另一派是信奉基督教的希腊人和皮拉斯基人②。在他们看来，遗忘才是治愈创伤的良药。而其他画家，无论佼佼者或末流画匠，全都

---

① 帕多瓦（Padoue）是意大利北部的一座古城。此处或指帕多瓦的斯克罗韦尼礼拜堂（Cappella degli Scrovegni），乔托的名画《哀悼基督》和《耶稣诞生》均绘制于此。
② 皮拉斯基人（pélasgien），古代希腊的早期居民，来自西亚。

选择了热爱"时间"。他们呼唤主观性,呼唤激情,从古典中寻求"异教的"和寓言的表现方式。这些人,他们的精神会是世俗的么?或许,在经历了诸多忧思之后,他们终于可以下定决心或毋宁说以其"品味"来重申最初的选择了。但首先,他们会以比经院哲学更严谨、更诚实的态度去探索用神圣和自由之光照亮尘世的时间。

五

不过,为了让这两派意见、两种志向对自身有所认识,似乎还应该有某种要素能将时间在转瞬间以一种暧昧、模糊、阙如的方式置入绘画特定的核心问题当中。此种转变的要素,当属透视法。

我不知道人们是否会对"透视法与空间的变形有关"这种观点感到困惑,乃至未能足够重视透视法的主要特征,我指的是在概念上。在透视法出现之前,在把所要表现的对象神奇地还原至其空间位置之前,表现事物的方法只能采用隐喻的和虚构的方式。我的意思是说,画家在表现其对象时,是通过一些外在的因素即通过类比和基本相似性而随机进行的一种选择。以"飞鸟轮廓"(profil d'un oiseau, rapide）来为其命名似乎蛮形象，犹如把古埃及文字称为"象形文字"一样。通过类比，叶漩涡纹饰可以更好地呈现葡萄的样貌：呈现其深层次的运动和在时间中的奔跃，犹如其灵魂中的某些东西。而色彩本身则由金色的背景赋予了精神上的意义，具有了象征性，其所意指的并非偶然——这种偶然无非是转瞬即逝之幽灵的表象——而是事物特有的美德，这种无形之物，即使在日常生活中也是唯一的真实。因为那就是我们亲眼所见的东西，是不是？我们所感知的，并非事物的品质，而是其整体性，是它的目光。我们从表象中萃取了一些赏心悦目或充满敌意的成分，如古代画家一样将其投射进心理的空间，这就是我们寓言的题中应有之义。但透视法摒弃了这种做法。真实性已然进入了空间的范畴——或简单地说，它已然关注到对空间的思考，以便将我们的整体直觉与对空间的某种感知区别开来——这种真实性使得所有表象的所谓"准确"都形同虚设。总之，对感官品质的分析已取代实体统一的直觉。形象已不再是赋予自身的原型，而是它所具有的定义和观念。观念的思辨始终追寻着实证的艺术，求索中的假设始终追寻着终极的确认。这种令透视法进退两难的窘境此时又遽然变为艺术的窘境：从某种意义上讲，它既能偕事物的各种属性带来全部真实，又会随即丧失一切真实。

无论对真实还是时间而言，这都是真真切切的。我刚才说过，绘画要表达的真实首先就是"深度"，但是否因此就可以认定透视法有助于绘画研究呢？某种意义上讲，是的。它拓宽了行为的视野，为同时性赋予了形象，揭示了瞬时事件及其幕后与后果的成因和复杂的成分，将暗示轻松地化作历史的表达。我们经常会注意到，历史是透视法的宿命。但它再次错失了良机。而简单震颤的线条、迟疑反复的轮廓却可以捕捉到某时段的灵魂，与事物的某种状态及其仅有的交互状态有关的精确透视在这一确切的瞬间、在这一"可见"当中实施的切割所能留住的，只是某个瞬间的痕迹，即人的姿态的定格，而这种姿态将存于观念即将成为的那个瞬间当中。我们来看看达·芬奇的《最后的晚餐》(*La Cène*)吧：以透视为工具，可以神奇地分解瞬间，再现每个使徒的姿态，否则他们的这种姿态说不定哪个晚上就会消失。我们可以从容地置身于每一秒钟的秘密当中，但我们究竟是在哪个世界里呢？是置身于观念的世界、置身于某种本质的光芒里么？当然不是，这一切都太过铺陈，太过零七八碎（如柏罗丁所说），太不一般。抑或是我们和这一场景中的角色们一起，成了他们这出大戏中的证人？但我们的精神若是警醒的，为何这个时间却又是暂时停顿的？实际上，正是透视法两次把我们抛掷在外。那个瞬间的灵魂逃离了我们，因为新的几何体只能看到该瞬间充斥的对象、形式和表象。而那些凸显的姿态、事件的含义也因为我们而错过了其往昔和未来，让我们无所适从，我指的是整个时段存续期间内从一种冲动中传递出的另一种冲动。所以，尽管可以连篇累牍地做出各种诠释，但此类画作仍给人以某种不在场的、陌生的印象。此即诸般透视法之谜，它总能如此鲜活地让我们感受到它。在此，"存在"有如概念中"透视法"的在场行为一样，成为某种不可思议的、被许多画家所忽略的真实。

我将试着指出形象中的这种生命的缺失会导致佛罗伦萨艺术误入何种危险的歧途。

但我想先谈谈伟大的艺术这个话题。伟大的艺术与生命有关。我们能说15世纪的透视画画家们未能开创出一种伟大的艺术么？真相是，透视法以两种方式剥夺了画家们对本原之物的真实实践，却又给予了他们机会。我们知道文艺复兴运动何以如此热爱和尊崇这项技术：在透视构图中，人的形象按比例缩放，不仅真实，还可达至和谐。"数"之间的关系自然会告诉我们可以信赖宇宙的固有之"数"。许多画家一旦"知道了"这个世界理性而和谐，其本身便是这个小宇宙，且世界之法则可以在此被对称地重复以后，便迷上了"透视法"这个天赐给他们的合理空间的钥匙，迷上了在这个和谐之宇宙中让人回归其位的方法。透视画是为观赏者而构思的，周遭的一切都井然有序。它置观赏者于所有表达、所有含义的中心，当然不是让他赶走上帝——因为文艺复兴属于基督教——而是让他在自己的内心和自己的四周感受到上帝那光荣而虚拟、庶几未被原罪污损的存在。总之，上帝或许仅仅是不完美的，但后见之明却能让我们意识到自身构成的原因而非苟活于世。我们是知识之子，而原罪是知识之父。作为独一的毁灭者，他让我们恋旧，让我们发现自己是能够理解这种"独一"的。15世纪中叶，人类重新发现了古代艺术，与此同时，基督又保证了人类将获得救赎，再没有哪个时代比这个时代更让人幸福乐观的了。

因此我们可以发现，透视法位于一个睿智且极富伦理的庞大计划的核心。之所以如此，是因为它能让自己获得"数"的训练，同样能再现隐喻和神话：通过"数"，通过和谐，通过对希腊-拉丁文化之后文艺复兴时期称作对称性的那个东西——即潜在的"数"和局部与整体的决定性契合——的探索，通过对延伸至所有可见的、所谓真实的和神圣比例节点的富于逻辑的隐喻，透视法得以超越单纯写实的弊病而再次成为神话，以类比的方式——即直接和完全的方式——言说出本原之物自身的灵魂。

但在我适才指出的不足和这种可能性之间，在作为方法的透视法与作为"数"的透视法之间，在其亚里士多德式的性质（如果可以这样说的话）与其毕达哥拉斯式的抱负之间，依然有着本质的差异。前者为此种绘画技法所固有，后者则需信念、意愿和选择。为克服本身外在的"数"，为超越表象、摆脱表象的幻影，须有形而上的决心，还须具备坚忍不拔的灵魂之力量。挫折、出于怨恨的否定和谬误都在所难免。这种新艺术的两极之间必有惴惴不安——正是在此时，我所宣称的第二次机会，即"主观性艺术"便现身了。毫无疑问，是布鲁内莱斯基近乎无意识的创新将这种主观性思考引入了绘画。因为古代画家们出于自身的顽强目的而赖以绘画的秘诀早已被某种通用技法所取代，画家全凭各自的身手展开竞争，而在使用此一方法时，其内心最隐秘的天性将显露出来。只要以艺术家的方式求索，就能在这些绘画中发现诸多有生命的东西。那是一种在人文主义确信之下存在的有生命之物，一种不安、困惑、前哥白尼式的有生命之物，达·芬奇曾在此迷路，风格主义曾在此窃喜，格列柯曾在此重获平静……因此，我们可以想象，画家们从此将风格各异或各领风骚，并将种种风格的辩证法带到最精神性的层面。有些人将在"数"中发掘出简洁地反映其智慧的方法。另一些人则因深陷其激情时光无法自拔而迷恋上这个瞬间之谜。这是否就是乔托曾试图破解的光荣与生命之间的冲突呢？但在研究此问题之前，我们还要说明，他未能持续探究下去。这个问题只有在先于哥白尼革命的15世纪才有意义，因为当时的人们认为自己就置身于宇宙结构的中心。不久后，这种信心就将消失，时间将赤裸裸地呈现。此即透视法必然会演变为幻觉主义的原因，而且画家们也会抛弃其模棱两可的说教。

六

现在我只能再泛泛谈谈文艺复兴绘画的沿革。

第一代画家中，有两位画家并未真正运用过透视法，但他们找到了我谈过的绘画的两个方向，其中一位迷恋上了可能的荣耀，另一位则沉迷于潜在的阴影。这两位就是马萨乔和保罗·乌切洛。马萨乔的作品中有相当多的透视技法，它放低了视野，祛除了传统的乔托式装饰，为人类的行为创造了一个宜人的空间。另一方面，这种透视法对拥有概念价值、将行为引入"瞬间"的陷阱还太过含混。所以，在表现"持续之时间"（durée）的真正形象上，马萨乔的确是下足了功夫的。然而他还只是意识到人的行为会引导他走向永恒。不是说他的角色们没有行动，而是说他们在其行动中确认了自己的意愿与姿态、过去和未来的绝对身份，其自身为我们提供的这种球面形象、这种平衡——如果我可以这样说的话——系从古老的等级主义和对大众的保护中继承而来的，它通过担责、勇敢和庄严，使逝去的时间拥有了永恒之法则的性质，拥有了关于"伟大"的明确概念。马萨乔确立了英雄的人文主义主题。他将佛罗伦萨圣弥厄尔教堂的壁龛雕像和布鲁内莱斯基建筑艺术中表现出的所有庄严暗示都汇聚在更为智性、更为思辨的空间中。显然，这种庄严以其结构的直观、协调、统一以及对中央立面上那伟大隐喻的感知激发了马萨乔的肃穆。早期文艺复兴的建筑艺术始终保持着意大利中世纪的风格，其对石材的形式、对感性的理解、对世俗生命之尊严的潜在情感的体现，仍为画家们所理解。但我们能说马萨乔果真是在固守这些传统么？如果只重申这种精神，他就会半途而废。建筑艺术必须克服石头了无生气的惰性，重申永恒必须面对时间的阻力。由于马萨乔在表现空间与持续之时间的冲突中并未借助透视技法，所以他还算不上一位彻底的透视画画家。他极富指引性、权威性和寓言性的艺术将"永恒"呈现为一种程序、一种理想——这让我们想到了兰波，想到了《通灵者书信》(*Lettre du Voyant*)——但他并未能证明这一点。

乌切洛同样避开了各种验证。这位画家虽热爱透视技法，却是以一种似是而非的方法而非以其表现力去证明这种热爱的，他几乎从未以严谨的方式使用过这种能衡量危险的技法。他的许多画作让人觉得层次平淡，但较之古老的哥特式屏风和法国中世纪挂毯,它更能唤起皮耶罗·德拉·弗朗切斯卡的"复苏式"透视技法。可以肯定的是,其作品展现出的种种幻景是一种智性的嵌合体,而这正是其作品中新的元素。被召唤在此现身的生命了解了空间的这种新的几何定义。正是由于这一定义,这些生命才能维持其自身与生俱来的非真实。乌切洛是第一个理解表象具有邪灵般价值的画家。的确,这样一个作为表象之表象、意象转瞬即逝的世界是存在的,真实于此消散,梦想在此扎根。而且乌切洛也理解事物在瞬间闪现时近乎光谱的表象与其数学本质和详图——另一层光谱——的同缘关系,或更确切地说,是默契关系。总之,一切都发生了,仿佛他对该概念的缺陷早已成竹在胸,并乐于为该概念提供一个不完整的、施虐的、盲目的世界,而该世界除却虚无,全无其他背景,与时间、空间无关,与真实的瞬间和永恒也毫无瓜葛。乌切洛的绘画,其深度似乎是个虚构的尺度,是某种迢远的黑暗,空间结构在此迷失,却又是我们这个世界的法则大全。他的作品中只有一幅避开了这一特征——即《亵渎圣餐》——因为那是一种忏悔。圣餐在其中代表着我们体验过的所有对象,而乌切洛却是一位不想承认这种神秘之"在场"的犹太人。

七

　　乌切洛和马萨乔定义了佛罗伦萨绘画的两极，即两种诱惑。可以说，我相信在15世纪，直至波提切利①做出那个令人感佩的决定之前——他在两者之间的徘徊和探索已耗尽了他所有的清醒、所有形而上的严谨。另外，贯穿于整个世纪的所有艺术中，都存在着一种"佛罗伦萨式"的犹疑，一种巨大的、心理上的双重忧虑，兰迪诺②在15世纪末曾十分清晰地命其名曰真实的比例③，一方面是希腊人所谓的对称④，即因"数"而来的对存在的直觉，另一方面是精神效应⑤，即心理的表达和对某种不可见之物的重新探索。我刚才谈到过透视法捕获的那个瞬间的痕迹：多那太

---

① 波提切利（Sandro Botticelli, 1445—1510），欧洲文艺复兴早期的佛罗伦萨画派画家。
② 兰迪诺（Cristoforo Landino, 1425—1498），15世纪意大利人文主义哲学家、作家和诗人。
③ 意大利文：*vera proporzione*。
④ 意大利文：*quale i greci chiamano simetria*。
⑤ 意大利文：*effecto d'animo*。

罗①的浅浮雕如此，安德烈亚·德尔·卡斯塔尼奥的作品如此，甚至达·芬奇的作品亦如此，而艺术家们则质疑他，并试图赋予其某种心理的深度，但却同时遇到了非真实的制约和某种表现主义的风险。但他们都属于建设者。比如说，你们可以看看安德烈亚·德尔·卡斯塔尼奥的那幅《最后的晚餐》(Dernière Cène)：在圣-阿波罗妮教堂（Sainte-Apollonie）公共餐厅的同一面墙上，在《最后的晚餐》的上方，他画了基督一生的三个场景，那是一座非凡的、无比高贵的纪念碑；可《最后的晚餐》却让人失望。如果想让我们相信他希望以此分割墙壁和天花板，那么最后的晚餐发生的场所本应当是一个立方体。太过关注庄严和永恒反而将这幅湿壁画变成了某种带状装饰框。这还算是不错的。表面上的暴烈即便呈现出些许生疏和迟疑，也仍有其合情合理的理由。但在这个模糊的空间里，那些意味太深沉、太过人性化的面孔——我们可以唐突地说，他们什么都代表不了，他们很可怕——不该被取代。他们变成了魔鬼，而不再是惊喜、激情、叛逆和恐惧的象征。他们变成了虚妄的标志，只能让人看到其自身的无能。在马

---

① 多那太罗（Donatello，1386—1466），本名多纳托·迪·尼科莱·迪贝托·巴尔迪（Donato di Niccolò di Betto Bardi），15世纪意大利佛罗伦萨雕刻家，文艺复兴初期写实主义和复兴雕刻的奠基者，对当时及后期文艺复兴艺术的发展产生过重大影响。

萨乔和阿尔伯蒂①的带领下，坚持大胆描绘"可见"的佛罗伦萨绘画，便是以这样一种方式与一种新的"不可见"——灵魂激情的不可见，精神世界的不可见——不期而遇的。在卡斯塔尼奥的作品中，我们果真离乌切洛的通神之术如此遥远么？佛罗伦萨的心理主义推崇一种似是而非的知识形式，不久后它又变成了唯有虚无在其间闪烁的矫饰主义。

八

现在该谈谈皮耶罗·德拉·弗朗切斯卡了。尽管我并不在意只用剩下的几分钟谈些想法，但要真想定义和分析其作品中人物的细微差别，还得花上数个小时。我们之所以一看到皮耶罗·德拉·弗朗切斯卡的作品便深感震撼，首先是因其作品所具有的双重性质。一方面，他的作品以某种经验论专注于表现对象，他描绘了最初的实景、最初的自然光、最初的色彩——不再是臆造的而是感同身受的色彩——黎明时分，在新开垦的艺术园地上，他以典型的

---

① 阿尔伯蒂（Leon Battista Alberti，1404—1472），意大利文艺复兴时期伟大的人文主义通才之一，集哲学家、画家、数学家、建筑师、艺术理论家、密码学家和语言学家于一身。

前文艺复兴手法描绘出依旧沉重的人性。我们能明显感觉到皮耶罗在以自己的作品践行着阿尔伯蒂的主张,他不再认为只能画可见之物,而是想画一切可见的东西。但画家再也不会是测量师了。通常,他运用透视法最为严格,有时甚至精确到冷酷。他对真实的直觉显然始于由球形体和这些简单多面体所定义的形式,我们会以为蓦然发现了那个正侵入空间并有了实质形态的"数"。皮耶罗的作品对"数"之本质的感觉与对奇特之存在、或有之现实的感觉同样强烈。这当然不足为奇。柏拉图早就问过自己关于这个感性世界及其最卑微的方方面面的焦虑问题,问过自己它们与观念的关系。所有的希腊式思维都被永恒的形式和亚里士多德称作"实体"(substance)的那个东西的逆向直觉分隔开了。而15世纪本身既了解近世万物的固有尊严,又了解它们对逻各斯的分享。但要付出何种代价才能让我们意识中的这两个方向相互靠拢呢?毫无疑问,只能付出时间的代价。苏格拉底告诉我们,区别个体与人类观念的行为不可预测且无必要,这是存在之时间的现实,现实之所以在这个时间中被抛弃,似乎只是为了加剧失望并撕裂其本质上任何固有的或曰先验的观念。另一方面,自然之时间中的一片树叶更具有双重的意象,它既一般又特殊,与观念更为接近。如我们所见,希腊艺术就是在参与的梦想中融入人的形象的。而皮耶罗的作品,在两个对立物的融合过程中消失和燃烧之物同样是真实的时间。皮耶罗要求透视法言说出表象背后的比例、对称以及涉及"数"的永恒背景。但他绝对拒绝任何纰漏,他隐去转瞬即逝的线条,以真正的尺寸在与绘画平行的平面上投射出他意欲表现的所有动作,投射出他汇聚的所有形式。应该为平面撰写一部思想史。平面是心灵不受干扰的场域。如果说皮耶罗描绘的那些人物能在一处场域或曰历史中如此在场、如此具象,而彼此间却又无动于衷,那是因为其唯一真实的行为在于每个人物都跨越了"数"而迈向了和谐统一。克尔凯郭尔曾出色地解释过希腊雕像何以缺失目光。他说那是因为希腊人尚不知何谓"瞬间"。皮耶罗的人物有目光,但却是岔开瞬间的,是一些迷失的目光。我们还能想到柏罗丁关于思想的某些论述。他说思想正在分解这个可理解之世界的统一。说意识只是一次意外、一种衰退,远非最重要的东西。用埃米尔·布雷希尔[①]的话来说,在最高等级的精神生活中,灵魂并无记忆,因为它超乎时间,灵魂也无感觉,因为它无关感性事物,既没有理性思考也没有推理思维,因为"永恒中不存在推理"。这恰恰是皮耶罗的人道主义能够存在的幸运条件。所以,他在创作于乌尔比

---

① 埃米尔·布雷希尔(Émile Bréhier, 1876—1952),法国作家、哲学家和历史学家。

诺^①的《鞭打基督》(*Flagellation du Christ*)那幅画下写了一句铭文:"团结的呼唤者"^②。时间被认为是分裂,是恶。超越时间即是自由之始。现在我想谈谈他最伟大的绘画之一,即博尔戈·圣塞波尔克罗镇市政宫(Palais Communal, Borgo San Sepolcro)里的那幅《基督复活》(*Résurrection*)。晨光熹微。沉睡的士兵们象征着永恒——永恒的第一阶段——精神来此会合只为了跨越永恒。因为永恒之外有一位觉醒的神。这是怎样的一位神呢?他当然不是皮耶罗哲学中他几乎不了解其作用的那位救世主,而是曾在时间中受难的那位救世主。但无论从题材还是逻辑上看,他都是皮耶罗梦想中的那个人。那是以一种静止的自由表现出来的。完全的却又是静止的自由,犹如作为圆柱材料的树之自由一样,而树依旧不知自己已死。在闭合之眼的秘密中有圆睁的大眼。文艺复兴的人文主义中,当"数"能作为某种真知时,便已届胜利在望的时刻。但作为死亡之发明的死亡确实在此被治愈了么?那复活之人胸前一侧的伤口并未消失。而在创作了这幅湿壁画之后,皮耶罗

---

① 乌尔比诺(Urbin),意大利中部城市,以其文艺复兴时期的历史文化遗存闻名于世。

② 拉丁文:*Convenerunt in unum*。

的创作表现出某种后退。在佩鲁贾①的那幅《天使报喜》（*Annonciation*）中，距离感超越了画作，在《锡尼加利亚的圣母》（*Madone de Sinigallia*）中，时间和恐惧得以恢复。在伟大的米兰王宫②，时间是胜利者。只要瞅上一眼就能感受到画中的哀伤。此即普鲁斯特在他那本书末尾数页中"追寻到的时光"，无非是衰落和死亡而已。就像希腊艺术以悲伤终结，就像这幅最清醒、最严肃的画作一样，第一次文艺复兴时期的英雄主义感受到了自身的困惑与迷失。

那同样是一个转折的世纪。不久后，一位肯定思考过皮耶罗·德拉·弗朗切斯卡的绝对要求的画家——即柯西莫·图拉③——在费拉拉④创作了《马尔凯的圣雅克》（*Saint Jacques de la Marche*），那幅画是一座在死亡面前放弃所有禁欲主义和生命之虚荣的可怕的纪念碑。历史上已知的可能是最坚定、最始终如一的乐观主义被随之而来的最严重的焦虑所取代。我们有一种观念，认为人的神性可以战胜万般苦难，我们有一种确信，认为人的苦难可以战胜一

---

① 佩鲁贾（Pérouse），意大利中部历史文化名城，以中世纪和文艺复兴时期诸多建筑遗存而闻名。
② 米兰王宫（Palais de Milan）曾是多个世纪意大利米兰的政府所在地，现为重要的文化中心，经常举办博览会和展览。
③ 柯西莫·图拉（Cosmè Tura 或 Cosimo Tura，1420 或 1430—1495），文艺复兴时期的意大利画家，费拉拉画派的创始人。
④ 费拉拉（Ferrare），意大利东北部城市名，保留有中世纪的教堂和美术学校。

切荣光，这就是皮耶罗和柯西莫·图拉对立的论点，是这些慷慨心灵中的独断主义和怀疑主义。尽管如此，这些天生的现实主义者之间差异甚小。无论作为悲剧性的知识还是有待创立的智慧，这两者都还停留在内在性和必要性的世界之中，该世界里的一切都当建立在我们拥有的基础之上。无论是像柯西莫·图拉那样"看见"死亡，还是像皮耶罗那样在一般概念中的某个时间里"驱散"死亡，至少对我们内心中某一首可称之为"诗"的腹稿而言，也许就是同一码事，是不是？但波提切利这位"柏罗丁主义者"和基督徒是不会接受这种内在性的。他画的那幅《遗弃》（*Derelitta*），其残酷的背景意味着被遗弃在太空中的不幸的灵魂。他自闭于残缺不全的时间里，就像密闭在其务求破解的谜语当中。他坚信某种允诺，希望自己能来自某种恩典。

一百二十一天[①]

一

吉尔伯特·莱利[②]刚刚出版了《萨德侯爵[③]传》(*Vie du marquis de Sade*)的第二部。他用一千二百页的篇幅详细考察了萨德侯爵的交谊。由此,这份"年表"也终结了一个人的传奇。此时,试着盘点一下吉尔伯特·莱利十年来的批评活动和文学生涯也许并非无益。我想略述一种独到的方法。我想提请大家关注一个奇怪的现象,一个无疑罕

[①] 《一百二十一天》(*La cent vingt et unième journée*)首次发表于《批评》(*Critique*)1958年5月第132期。
[②] 吉尔伯特·莱利(Gilbert Lely,1904—1985),法国超现实主义诗人、作家。
[③] 萨德侯爵(Marquis de Sade,1740—1814),全名多纳蒂安·阿尔方斯·弗朗索瓦·德·萨德(Donatien Alphonse François de Sade),法国文学家、小说家、哲学家和政治家,被视为情色小说的鼻祖。他一生中有二十七年时间在监狱度过,所以很多作品是在监狱中完成的。

见且极富成果的现象：在诗之精神与谨严有序的探究精神之间，在对某事某人的迷恋和冒险之爱以及耐心与严谨的意愿之间，是可以实现沟通的。吉尔伯特·莱利之所以创作这部巨著，并非出于史学天职或简单趣味，而是基于某种形而上的、感性的直觉，该直觉便是诗意之感觉的某种简单的模式，其通常的目标便是诗的行动，我将试着把这一点阐释清楚。

我把这种直觉命名为某种写实主义（顺便说一句，吉尔伯特·莱利也是这样认为的）。在《我的文明》(*Ma Civilisation*)那部收录了他海量诗作的诗集以及他无畏、独断、跌宕的生活中，我始终为一种不破不立的二元性所震撼，对此，很多诗人是不理解的。我的意思是说，除却主观创作所必需的自由，除却全盘否认一切阻碍诗人发现自己或创造自己的虚构表达，莱利的作品中还有一种对作为事物之事物，对现实、事件或事物的超常敏感的关注，他贴切地将此称为"尊重"。莱利的所有诗作也许就源于他对本原之物的感知，源于因场域或生命之谜而生发的情感，特别是当时间主宰一切的时候。"1928年3月18日，星期日，下午两点，快乐抒情剧院①上空，白云苍狗。"这个句子是书中最出彩的段落之一，它出色地表达了对发生

---

① 快乐抒情剧院（la Gaîté-Lyrique），巴黎的一处古老演出场所，2010年改造为数字艺术和当代音乐中心。

之事的诗意关注，贴切地暗示出这一转瞬即逝之物对莱利而言最为真实。这正是我们这个宇宙的诗意境界，它倏忽而来，转瞬即逝，去而不返。它残酷地破译了当下的一切，仅此便足以带给人一种异样的欢欣，莱利自然而然地称其为形而上学，因为他明白这就是触及，即贴近存在本身。"胸脯坚挺，贞洁无瑕，在我心中就像庞贝城的姑娘，爱的姿态隽永不变……"莱利的直觉近乎灾难。那直觉如维苏威火山的余烬，依然保持着最生动的姿态，哪怕因某种论证——在此，时间这个显而易见的胜利者被凛然拒绝——那似乎已死之物、那俨然曩昔的鸿爪雪泥遽然复活。

感知瞬间，挚爱往昔，二者或许同质。当莱利像个虔诚的拜物教徒，置身于拣选来的各色物件中间——拉科斯特城堡①礼拜堂里的一块石头、几页手稿、一把手枪——并跟我说"这大概都是侯爵的长子路易-玛丽的遗物"时，他便为那些仅能证明某日或某时的物件赋予了现实的高度，他也因此征服了作为战胜者的时间。以死亡之思维观之，莱利的作品就像普鲁斯特的作品一样，从中诞生出拯救的需求。语言的功能——存在的永恒部分——被油然托付给语言。通过回忆或呼号，他的诗成为迷失之物的救赎。他

---

① 拉科斯特城堡（Château de La Coste），萨德侯爵的产业，位于法国普罗旺斯-阿尔卑斯-蓝色海岸大区（Provence-Alpes-Côte d'Azur）的沃克吕兹省（Vaucluse），法国大革命期间被毁。

可以对每样事物都这样说,"我来晚了,我在干涸的水井里唤你之名"。他还说自己是"时间的崇拜者,名字的崇拜者,场域的崇拜者",而定义如斯的话语必然就是记忆——一种充满激情、由童年创立且恒久的记忆——的无畏形式。童年在我们每个人心中不都是最初的永恒么?不也是因那个最冷峻的悖论而被时间打乱之物么?况且它赋予我们这个世界的绝对愿景,似乎就是"瞬间"为我们的欢乐而从本质上夺走的那最隐秘的微光之母。如此说来,何谓救赎?是最终拥有的现实,还是最终治愈的生存?毫无疑问,对莱利而言,那就是通过必定消失的碎片而重溯每一事件、每一事物,就是重回静止而邈远的岁月。他在玛塔·哈丽间谍案[①]中感受到的想象乐趣便是如此,是他向这种炼金术、向这种现实的炼金药索取的奇迹:

可士兵们不会开枪射击。
她的狂怒让粗劣的时间机器抓狂。
男人们将重启逆向的生命。
那军官将在其母糜烂的三角洲再次化作精液。

---

① 玛塔·哈丽(Mata-Hari, 1876—1917),荷兰交际花,原名玛格丽莎·赫特雷达·泽莱(Margaretha Geertruida MacLeod),玛塔·哈丽是其艺名,第一次世界大战期间与欧洲多国政要、社会名流都有交往,1917 年在巴黎以德军间谍罪被法军枪毙。

二

吉尔伯特·莱利关注的对象由此而成为毁于时间又被时间升华之物。依我看，这就解释了想象力——一种基本的想象力，一种比小说家的想象力更接近科学家的想象力——对他而言始终是获取知识的首个时刻，是本原之物的揭示者。这种预知灾祸、争分夺秒的想象力是对可能性的一种演练。有些描写对象看似稳定幸福。但可能性和变化却昏睡其身，无所事事，面对这种幸福，除了死亡还能有什么变化？"1914年8月2日，一栋漂亮的郊区别墅。父亲、母亲和孩子坐在花园里。忽然，他们听到了《马赛曲》……"这是《庇卡底的玫瑰》(*Roses de Picardie*)的开头几句。莱利的想象力以可能性之矛攻现实之盾，以现实的不确定性本身及其秘密的虚无和被发现的未来阐释现实。时间不过是这种存在之冥想的途径之一，由于该冥想可以将任何威胁其存在或完整性的事物按其擅长的方式称为"绝对"，所以莱利的诗通常会借用某种怪兮兮的情感，这绝非出于嫉羡，也并非什么反常，它只是某种形而上之焦虑的简单变形而已。"在这个年轻人的脑海里，特洛伊罗斯①被捆在床头，眼看着残暴至极的敌人轮番占有克瑞西妲②，而克瑞西妲却显得十分受用。……在这个年轻人的脑海里，仿佛有一部不厌其烦地以特写镜头播放其情妇不忠的纪录片，而扬声器则以夸张的口吻喋喋不休地念诵着《伦理学》第三章第三十五条定理。"对莱利而言，情色现实无疑是最生动的现实，所以对克瑞西妲是否专一、是否幸福的持续争论，就成为莱利诗歌作品中最显著的特色之一。情色现实构成了诗集《阿登集》（Arden）中《胸部现象学》（Phénoménologie du Coffre）以及描写阿尔辛多（Alcindor）和狄俄墨得斯（Diomède）那两首诗的主题。它在我刚才提及的《庇卡底的玫瑰》中再次出现，仿佛在可能的痛苦中，被表现出的一切——即变化的最深处——便是爱之不专，或更确切地说，是一种绝对的放纵，它在混乱的磨难中带来一切，且并非不陶醉其中。克瑞西妲的"十分受用"，即是在挑战世界的秩序。他将情色和严峻否认存在的稳定形式视为同一，他带来了"形而上的欢娱"，就像许多新的地区将自然的脆弱与爱情的必然大胆视为同

---

① 特洛伊罗斯（Troïlus），希腊神话中特洛伊诸王子之一，为特洛伊国王普里阿摩斯（Priam）与其妻赫库芭（Hécube）或阿波罗与赫库芭所生。
② 莎士比亚悲剧《特洛伊罗斯与克瑞西妲》（Troïlus et Cressida）：克瑞西妲（Cressida）是特洛伊罗斯的女友，但她在特洛伊战争中被交换到希腊阵营以换取被俘的特洛伊战将后又投入了新的情人、阿尔戈（Argos）国王狄俄墨德斯的怀抱。

——样。"哦，庞贝城的最后一刻，那生出伟大之爱的面孔啊！"以灾难为生的情色同样可以成为更有底气地拒绝灾难的激情。在这场救赎运动中，莱利的所有作品都实现了其自身的目的，他变成了斯多噶主义者和准禁欲主义者，这位诗人将反抗虚无……无论如何，我们如今都能看到情色的想象与诗意的创新是如何联手的。而在专注于最热烈的存在形式的语言中，又有什么样的热情奔放重塑了禁忌词的使用啊！大胆的话语，淫声浪语内含的强度[①]，尤其是当纯洁的嘴，或是他所知道的佯装纯洁的嘴，或是他所熟稔的纯洁的嘴"十分受用"地言说出这些淫声浪语的时候，这些嘴既纯洁又不纯洁，而对莱利来说，这就是"诗"本身。在语言中，这种自由为疯狂和时间的躁动赋予了活力。它带来了唯其方能构筑的爱的残酷。

依我看，这就已然很贴近莱利关注萨德的原因了。

莱利曾在1947年出版的第一部《萨德作品选》(*Morceaux choisis*)护封上写了如下题签："萨德表述的一切皆为爱。"诚然，莱利不乏简单想象中的残酷，我在尝试描述其诗意关注时肯定会揭示出部分活力。但如果这种活力能让他理解构成萨德强大力量的那种对存在的阴郁直觉，那么这种

[①] "朱丽叶口中喷射出的那些淫秽的句子，我经常想象它们会从克瑞西妲或罗斯兰（莎士比亚喜剧《皆大欢喜》中的人物）的口中喷射而出……"（引自吉尔伯特·莱利为《萨德作品选》撰写的导言，第36页）——作者原注

残酷就可以全然拒绝真实的暴力，所以莱利始终坚持（也许出于某种理由）将萨德与"虐待狂"区分开来，始终强调他仅仅是在描述他从未涉足的一个充满情欲的地区。所以，尽管他经常赞美这一地区，尽管他着迷于心理病理学而对古老的医学全无兴趣[①]，我也并不因此相信莱利是因其"科学客观性"而对萨德产生了兴趣。而且这种兴趣也并非出于无神论，尽管他喜欢直言不讳地坦陈对上帝的仇恨。那么，萨德的作品中到底有什么在吸引莱利呢？又有什么

[①] 参看《1835年的一例两性畸形少女的手术》（*Opération d'une jeune fille hermaphrodite en 1835*）一文，原载《两姊妹》（*Les Deux Sœurs*）1947年第3期，第65—71页："是的，与历史上任何其他时期相比，19世纪的医疗生活（尤其从1830年前后到微生物学时代）更能激发我们的想象力。……经过对比那个时期的从业者的实证主义……以及那些从业者依旧对微生物发病机理的茫然无知，我们认为19世纪上半叶的药物具有一种既可怕又诱人的特征（我们很乐意套用"黑色小说"一语，将其称为黑色药丸）……"在这种残忍且谬误百出的药物中，科学的客观性与古老酷刑的变态之血如此阴暗地结合了（我们还能想起夏尔·包法利的跛足内翻手术，热尔韦曾剖析过这种药物并将其描绘为一种最隐秘之真实的奇特仪式，这一切，都以其遥远而恶意的光芒阐释了萨德的心理，这种部分属于非自愿的真实出现于最黑暗的暴力地区恰好可以与上述做一对比。这两者都是令人无法容忍的悖论，都是必须克服的矛盾，都是悖谬，然而从中也可以或明或暗地显现出人的可能的"善"。其时正值法国大革命时期，只有莱利能以其完全客观的方法识别出这个词在其本体论或道德上的意义。他不是曾经在诗中这样写过么：毫无疑问，它来自迪皮特伦博物馆/1830年的第一枪在此打响。——作者原注。热尔韦（Gervex），或指亨利·热尔韦（Henry Gervex, 1852—1929），法国画家。迪皮特伦男爵（Baron Guillaume Dupuytren, 1777—1835），法国军医，解剖学家和外科医生。

让他认为《索多玛一百二十天》^①这部令人生畏和恐惧的作品是出自一个"俄耳甫斯教徒"^②的大脑、其情节是"人类理想主义的惊悚化身之一"呢？我相信，这恰恰就是话语的无俦之自由，它跨越了想象力和表达的极限：因为恰逢此时，清泉再次奔涌，变化再次生成，生命再次闪光。"萨德表述的一切皆为爱"：这句话指的正是这样一种勇气，这种勇气出其不意地承载起了现实，迫使现实舍弃了沉睡的稳定现状，并让生命重返可以相待以爱之处（这与萨德作品中的那些人物全然不同）。无神论被表达得如此恣肆奔放，无外乎是这种过度创意的另类形式罢了。这种对上帝的猥亵与否定，犹如对灾难的想象，尤其犹如那场凝固了某一瞬间的庞贝大灾难，让人类的姿态及其无辜一览无余，并以此尽可能固化了那自相矛盾的救赎基础。

---

① 《索多玛一百二十天》（*Cent Vingt Journeées de Sodome*）是萨德侯爵1875年被监禁在巴士底狱时，用三十三天时间创作完成的一部长篇小说，讲述了一群少男少女被权贵们绑架并玩弄，最终被残忍折磨至死的故事。该小说在法国大革命期间遗失，一百五十年后被重新发现，并于1935年出版。
② 俄耳甫斯教徒（orphique），指古代崇拜俄耳甫斯神秘教理仪式的人。俄耳甫斯教（orphisme）始于古希腊与希腊化时期，被认为与文学作品中的神话诗人俄耳甫斯（Orphée）有关，因为他曾经降临冥府又回到尘世。

三

我的思绪又重回 1945 年或 1946 年,当时还只是写诗的莱利便开始以绝对的诗之方式表达他对《萨德回忆录》的喜爱了。我说过,他的诗具有强大的力量,能让生命鲜活。他乐见时间在生者中之作为,也喜欢将目光转向死者,就像转向亲属和家人,转向我们与之交谈且他们也与我们互动的人——这些人是"话语"在我们身旁以一种类似于开辟鸿蒙的方式唤醒的新的存在。莱利曾反复核对史迹。大战期间,他在普罗旺斯滞留多年,经常住在拉科斯特城堡附近,在已成废墟的萨德侯爵城堡中拍了很多照片,收集了许多石头,那些石头在他租住的马莱塞尔贝①广场半明半暗的住所里漫射出澄澈灵性之光。他的抽屉里还有许多能证明他这种收集兴趣的物件,那些物件既严肃又有趣,与他当时的研究相得益彰。有些细节犹如墙上的绘画或照片一样,会引发强烈又复含混的情色意象,尽管那意象有时不乏些许悲情,但确切地说,其高度感性的本质会在某个抹掉的瞬间引发我们快乐的童年联想。我在那里还看到过一幅莫里斯·埃纳②的肖像画。埃纳是一位严肃

---

① 马莱塞尔贝(Malesherbes),法国市镇名,在卢瓦雷省(Loiret)。
② 莫里斯·埃纳(Maurice Heine,1884—1940),法国作家和出版家。

的出版家，他出版过不少萨德的作品，而且是为萨德立传的第一人。莱利认识莫里斯·埃纳，对其记忆力尤其折服。我毫不怀疑他经由埃纳之身复活了自己的天生品味，正是这种具有启示的爱，让这位首批共产主义斗士、这位超现实主义者、这位出于激情和理智而反抗所有禁锢人之自由的消极主义者——但同时又是一位温文尔雅、博学而制怒的人——致力于为被误解的《索多玛一百二十天》的作者恢复名誉。实际上，画作中的莫里斯·埃纳那微妙的手势、浅淡的笑容和凝视，似乎也在尽可能传递着同样的讯息。莱利在对知识的关注中保留了尽可能多的非理性和信念，对此还需要我再添加一些一己之见、添加一些对莱利的绝对价值判断么？这一切都显现出淡淡的光影。萨德的灵魂在这种最为自信的迎候中得以平静和净化。尽管莱利没写过什么文章评骘萨德侯爵或其作品，但我出于自己的品位，愿意将他当时的所作所为及其存在本身称为某种"批评"。就说批评吧，还有什么批评能胜过这种发自墓葬深处的呼唤呢？

当初如果有人告诉吉尔伯特·莱利，说他能创作出如今出版的这部巨著，他肯定不信。他当时想的只是出版《萨德侯爵作品选》，绝没想过放弃自己在诗歌领域的发展。但他逐步显现出应变的能力。一方面，我们看到他的激情与感知、默祷与激动的思绪已转为某种目标，他以尊重事实的态度虔诚收集的文献、按时间排序或抄录的文本以及纯粹的事实表明：诗已化作历史的创造。另一方面，这一原本可能会遭到非议的冒失举动竟会不断得到学者们出乎意料的认可。我还想举出搜集萨德侯爵书信一事为例，截止到那个时候，谁都不曾想到能发现那么多萨德侯爵的书信。1948年1月，莱利造访孔代昂布里城堡[①]，成功说服了萨德侯爵的后人——他们早已不承认这位先祖——捐赠出这批信件。如今，我们能读到这部《萨德侯爵书信集》(*Correspondance*)——萨德侯爵遗产中最好的、最具人文气息的一部分——绝对应该感谢莱利，这一切皆归功于他的勇敢和智慧，归功于他的绝对信念。

现如今，《萨德侯爵传》出版了。这部作品肯定会引发轰动。它通过全方位的、极尽客观的逐日记述，再现了萨德这位作家的一生。冗长的历史文献被全盘收录进这部作品，那些古怪的拼写和具体而微的符号超越了其原始的含义，再现出流逝的岁月中的某个时刻。我坚信莱利本人也愿意重现原始文档那种浅淡的墨迹和羊皮纸的纹理。总之，该作品完美再现了流逝的时光、微妙且通常不为人知的各种事件的来龙去脉，这都是莱利从各类小报、警局记录和萨德那些狱友的远方来鸿中搜罗到的。再没有比这更令人

[①] 孔代昂布里城堡（château de Condé-en-Brie），位于法国埃纳省（Aisne）孔代昂布里镇，萨德侯爵的后代居住于此。

信服的汇编了，其细腻的编排彰显出整体性。我们能感觉到莱利创作这部作品时的愉悦，那肯定是一种"形而上"的愉悦，是出于自由的选择而完整再现的那颗灵魂。它有如灰烬下燃烧的火，在描述准确的页面中心、在精心盘点的幽深曲径、在引述的两通信札之间，以另一种语言的结构、另一种思维的方式喷发出耀眼的光芒。我们还应该在《萨德侯爵传》中找找那些不时出现的巴洛克式的段落，找找那些感性或激昂的图片或无畏的庄严，并悟出它们并非修饰，而是书中感人至深的活力，就是我所说的那种由复活的心灵所构筑的至高至爱的境界。"1942年11月21日是个星期六，在三点钟左右，当我们穿过高高的、幽灵般的拉科斯特小村，发现已身处萨德侯爵城堡东立面的墙脚下，一阵莫名的激动让我们在朗日下脚步踉跄。心醉神迷之中，赫拉克利特的反物理之剑发威，两天来的困顿一扫而光。我们目睹了萨德侯爵的内心。"吉尔伯特·莱利充满激情的哲学始终都是这样一种存在：它被诗的意愿与力量所定义、留痕和拯救。变化令存在化为废墟。但只要诗的行动能理解这种存在，只要诗能毫不犹豫地潜入其虚无和死亡的深渊寻觅，那么这一存在就会发现自己完整且不朽，正在时光彼岸的某个王国里熠熠生辉。让布朗吉斯公爵①

---

① 布朗吉斯公爵（duc de Blangis）是《索多玛一百二十天》中的人物。

由衷表示敬意的正是这种永恒。莱利从"性虐狂"[①]一词的歧义中解救了这种对于"存在"的萨德式直觉（intuition sadienne）。正如他在《萨德侯爵传》中所说，这是他在向"第一百二十一天破晓时分复活的那些美味的猎物"致以语言的谢意。

---

① 法语中，"性虐狂"（sadique）一词的词根即由萨德侯爵的名字（Sade）而来。

保罗·瓦雷里[①]

一

瓦雷里的作品中有一种力量，但这力量却是迷茫的。他有为语言臻至化境而随时献身的意愿和精力，但这对于他确信的蕴含理性的法兰西诗歌却用不着。他神思不宁，他为语言的晦涩而不安，但他无论在本质还是深度上又难与其思想原初的场域相协调，那场域有如一片无雾的河岸，险境昭然。清澄中蕴含幻象。从他的诗中，至少能体味到失望、谎言、某片真实或臆造的、心仪的地中海式净土。

[①] 《保罗·瓦雷里》(*Paul Valéry*) 首次发表于《新文学》(*Lettres nouvelles*) 1963年9月号。保罗·瓦雷里 (Ambroise Paul Toussaint Jules Valéry, 1871—1945)，法国作家、诗人和哲学家，法兰西学士院院士，其诗歌耽于哲理，倾向于内心真实，往往以象征的意境表达生与死、灵与肉、永恒与变幻等哲理性主题，被誉为"20世纪法国最伟大的诗人"。

那土地激情至简，如此本原，如此纯净，诗仿佛在心灵中驾驭万物：在永恒之海上迎着朝阳，御风而行。那儿，光芒普照，了无遮蔽。那儿，目光追逐知识，并将认知模式植入心灵，石堆或岸旁的橄榄树也由此成为橄榄树的典型。漫步至此，我们确信已触及心智，其虽险为物象所伏，却最终疾步踏上"观念"之乡的归途。这就好比意大利语给人的错觉：用词明晰，语义精确，令人毋妄毋嗔——但其实另有他解。还有这样一类怪象：尚未成型，晦暗难辨，应运而生，又转瞬即灭。这便是当下的存在。那棵橄榄树，尽管依旧是那棵橄榄树，但其深层次的区别在于，它是实时实地①存在着的，是那种在刀斧下或林火中将会消逝的存在。瓦雷里昧于这一存在的奥秘。有人想用亚里士多德的理论驳斥他。既然对"观念"的幻想给诗招致巨大的风险，因此这一词语已无人置喙。当我说"一朵花或大海，橄榄树或清风"时，这些看似唯有在其本质上、单一性上和永恒性上才能捕捉到的词语，竟能轻而易举地与瓦雷里确信的真实——"那片"海、"那棵"橄榄树和"那阵"清风——相应和。对语言而言，这种幸福唾手可得，但却要付出何等舍弃的代价啊！这是一种重复、模仿和描述的平和，却是不具有行动和灵魂的平和，与马拉美所倡导的

---

① 拉丁文：*hic et nunc*。

背道而驰！马拉美是将词语与"观念"等同看待的，对于那朵"在任何花束中都无法觅得"的花①，他深知尚不存在的"观念"是不能称为"观念"的，于是他求助于"书"，以其可读和诲人的属性，营建起一座"观念"的殿堂。这计划令人叹为观止，又依然诗意无穷，因为他已自我救赎了！而迈向存在的脚步却在喧嚣中遭遇了对"观念"的唾弃——物质、场域、时间以及马拉美用"偶然"一词囊括的所有事物。于是，我说的那种"轰动"便在我们的话语中爆裂开来。此乃词语和那个真实事物之间的距离，是智识与那个臆想出来的对象——我们当然可以称之为爱情——之间的对抗。

从柏拉图到柏罗丁，再到基督教的原初教义，"观念"哲学总能在这片最富生命力的活水中康复。

我想，这就是现代法兰西诗歌殊绝的独创性，它由波德莱尔首创，在话语表达诗意之际，其隐秘的初衷被重新省识。诗像爱一样，应当界定存在的事物。诗应当忠实于黑格尔曾以语言之名傲慢质疑过的"此地"与此时，并将那些已在事实上脱离存在的词语创制为一种面向语言的深

---

① 马拉美在其文学评论《诗的危机》(*Crise de vers*)中写道："当我说'一朵花！'时，我的声音便并非疏忽地阻隔了所有花的外形，与此同时，某种异于一切花萼的东西、某种理念的和美妙的东西便音乐般地随之升起，那是一朵在任何花束中都无法觅得的花。"

刻而反常的回归。倘若诗不去定义那些转瞬即逝的东西，还有什么可关注的呢？这种回归的典范就是《为一位过路女子而作》①那首十四行诗。历经无尽的辗转之后，诗的题材变为对死亡的思索。

二

但瓦雷里不知道人们早已发明了死亡。

他曾经写过坚定地支持帕斯卡②和波德莱尔的评论文章。他热衷于一种本质的世界，那里无生无死，万物安稳长存，从未真实存在过，仿佛苍茫夜色中单纯而柔曼的画卷。那个世界里，人们可以安眠——当然，若在阳光下确感睡意袭人的话——瓦雷里在许多诗中都回忆起这种滤去了感觉的幸福与慵倦，只萃取了一种敏感而普适的片段，仿佛在享受着某种典型的东西，如动物和植物之所为，如

---

① 《为一位过路女子而作》(*A une passante*) 是1861年第二版《恶之花》中的第93首。
② 帕斯卡（Blaise Pascal, 1623—1662），法国数学家、物理学家、哲学家和散文家，数学"帕斯卡定理"和物理学"帕斯卡定律"的发明者。后转向神学研究，从怀疑论出发，认为感性和理性知识皆不可靠，得出信仰高于一切的结论，该理论以"帕斯卡的深渊"著称。

希腊艺术之所求,这是沉睡的思想。沉睡者像个阴影,向幽灵敞开了大门。瓦雷里喜欢没有梦幻对象的世界,他所做的就是不去弄皱原本如此的表皮——因为在他的世界里,我们的行为原本就是不实在的。"一切存在皆为将来的存在",他年轻时就曾这样写过且沉迷其中。希腊意义上的宇宙对称性以及爱伦·坡[①]意义上的持久性,将我们的自由化为虚无,将我们的一举一动和他能捕捉到的一切均赋予阴影的属性。难怪纳喀索斯[②]会为一种热望和虚幻之美所震撼。他俯身溪流,所视非物,不为流水的存在之谜而亢奋,只是窥见了自己头戴桂冠的形象和另一个更加可怜之谜:他的存在没有结局。

当某种唯一的、实际的行为挣脱自我,奋不顾身地去接近一个我们全然陌生的世界时,对瓦雷里而言,他唯一和可能的行为便是全身而退,从而在某一角度为我们受限的境遇增加一些神性的智慧。那是永久的沉睡,是梦想着

---

① 爱伦·坡(Edgar Allan Poe, 1809—1849),美国诗人、作家、文学评论家。
② 纳喀索斯(Narcisse),希腊神话中的美少年。有一天他在水中发现了自己的影子,遂爱慕不已,难以自拔,终于有一天赴水求欢而溺亡,死后化为水仙花。后心理学家便将自爱成疾的病症称为"自恋症"或"水仙花症"。

延续纯粹行为与理性规律的一种沉睡状态。泰斯特先生[①]，那位神龙见首不见尾的人，便会成为宇宙透镜中上帝的虚像。幽暗的密室中，微弱的烛光颤抖着，汇聚起被一切存在所映照的上帝的光。而存在本身，这不复存在的行为，会重新创造出无欲无求的自由和造物主全知全能的静止。在"精神"的运行中，有几多荣光已被重新认知啊！但同样真实的是，这思索之下的存在已无可言说，词语并非为其而生！我们的语言正处于几何学和"存在"的分离之际，对规律的探寻已不再与词语为伍而是与之相悖，话语自我提升全凭偶然，可瓦雷里却不明就里。当他本应与泰斯特先生三缄其口——我是指保持克制或干脆承认不懂——时，却反而喋喋不休。这可是犯了对诗自我惊诧的大忌的。

  面对诗难逮、难悟的现实，他在求索；他试图从诗学的角度遵从于这种现实，既是为科学的真实，也是为了求知；有时，他怀着腼腆的虔诚，坦承自己是个诗人，但又总因自己对幻觉的怀疑论趣味而动辄反复。实际上，在他看来，诗的语言若不能藻丽和煽情又有何用？或许是为了兼具"规律"中的"美"和"真"，保持诗的敏感外壳，但

[①] 泰斯特先生（Monsieur Teste）是瓦雷里 1896 年发表的哲学随笔《与泰斯特先生夜叙》（*La Soirée avec Monsieur Teste*）中虚构的人物。瓦雷里通过这部作品阐明了精神对创作的绝对重要性，表达出作者本人对诗歌创作的本质及其规律的探索。

躯壳本身便不再那么必要，只是混迹于周遭事物的一种含糊其词的可能，是一个诱惑的圈套。诗，犹如宙克西斯[①]笔下的葡萄，是一个没有生命的表象，它将虚无引入本质之乡，这难道不是"非存在"的一种计谋，仿佛瞬间乍现的一种有效力量、一种狡诈、一种意志么？由此，诗人便因诗本身而选择去拥抱恶势力。作为敏感而闲散的诗人，他在思想与阳光间发掘着自身的魔鬼属性，他当然也不必太在意那条作祟其间的狡诈的蛇，一条与其说它恶毒、毋宁说是看破一切的蛇，它不会执拗己见，而只是无聊地把上帝想要的各色嘲讽———"勾画"出来——一位文学的爱好者，一位庶几可称为浪荡子的人，他深知过分的诱惑永不会止于血与死，换言之，他又再一次厕身于其所不愿的存在之乡。瓦雷里的作品缺乏深刻的震慑力。其现实的存在远未痛苦到要像某些杰出的巴洛克诗人那样以幻想为生，或像虽仍在漂泊却依旧关爱着人类且哀其命运的人们那样喜好诅咒神明。

然而，对于诗的雄心壮志，那是怎样的一种颓废啊！在宣称承继了宗教思想的现代诗里，在深邃的、近乎觉醒的法兰西语言中，波德莱尔又想起了他为未知的神明预留的位置，还有"那位"过路的女子，"那只"天鹅，"那片"

[①] 宙克西斯（Zeuxis，前464—前398），古希腊画家，以日常绘画和对光影的利用而闻名，传说他画的葡萄非常自然逼真，竟引得鸟儿前来啄食。

沾满泥点儿的常春藤叶子，在这些发现和创造中，瓦雷里是个背教者，是集智慧于一身的新派哲学家，当他的身心甘愿化为阴影的同时，他仍在谈论着精神之光。我曾不止一次地回想起1944年在法兰西公学听他讲课时的情景，他如此亲切，头脑如此敏锐，却又如此空幻，形式质朴无华，仿佛对话中的影子，而对话本身确已化为影子。我想，在我们这个时代，他是唯一真正该被诅咒的诗人①，他无疑置身于厄运和对厄运之想象的庇护之下，这厄运因观念与词语（从词语的心智方面）而来；他昧于了解怎样去爱事物，因而丧失了夜阑诗成、喜极而泣的那种本质上的欢乐。在这个世界上，真正的诅咒由此演变为游戏。瓦雷里写诗，只循一己规则，他的诗篇中，意趣和卓识同在，就像一盘没有下完的观念与回声共弈的细腻棋局，充满着游移和哀伤。

瓦雷里为我们留下了什么呢？如果文学的确需要这种消极活动以使语言更臻细腻的话，那棋局本身就应当如他所说，要为最狂暴的诗句到来时可能瞬间耗尽的精力去精心筹措完备的资源。然而更为重要的影响，则是我此前曾

---

① 被诅咒的诗人（poète maudit），典出法国象征派诗人魏尔伦（Paul-Marie Verlaine, 1844—1896）1884年的一篇文论《被诅咒的诗人》（*Les Poètes maudits*），一般指不墨守成规，具有创新精神，却又一时得不到理解的诗人。

提及的、在某些诗中留下的诅咒的影子。那条向上帝奉献"哀伤之荣耀"的蛇，它的语气瞬间变得如此纯净，如此真挚，如此热忱，以至于上帝的荣耀不再那么一目了然，人们会由此联想到存在的荣光或许是不可接受的，刹那间，冷漠反而比否定或崇敬更为真实。瓦雷里最美的诗篇《海滨墓园》(Cimetière marin) 尤其如此，因为他犹疑其间。在那个海滨，在那个全然陌生的正午，纯粹的感觉与纯净的思虑彼此间无尽地相互观照，某种尚未成形的事物呼之欲出。坟茔的闪光揭示出一个开端。那是光的另一面，如瓦雷里所言，是一种"秘密的变化"，是由一丝"瑕疵"开辟出的一片立足的沃土。毫无疑问，品达[①]所说的"可能"便转到了这一方向。在饱尝有限的创造之痛苦中，瓦雷里再一次选择了对平淡之哀愁的偏好，那是对非现实之热情的偏好。他重归心醉神迷的状态，在那种状态中，人们都是盲目的，他重归瞌睡般的感觉，重归并非彼风的此风当中……这是对一种封闭形式的艺术给予确认和再确认的过程。在他没有哑音"e"的语言里——概念的断层，实体的诱因，法语的得天独厚——此种匠心，将形式与详图同一，与舞女纤弱的舞姿同一，与思辨的假说同一，冥冥间，唯有宝石才具备的形状宛若悬浮于突变与黑夜之上的穹隆。

---

① 品达（Pindare，约前518—前438?），古希腊抒情诗人。

我们需要忘掉瓦雷里。我们寄望于偶像形式的存在,这一次,我们希望的是有着自由的面孔、超越神学与科学的新的偶像。

后记

我是否在"批评"瓦雷里呢?我觉得,我是严肃的,我所做的仅仅是人们对那些寥若晨星的作家的褒扬。

这些人将永存我们心中。我们要与之角逐,就像我们为存在之目的而抉择。这纯属个人的角逐。从人们赋予这个词语的稍许严肃的意义而言,这或许是一场博弈。

诗的行动与场域①

一

　　诗与希望，我本想把两者结合起来，我几乎想把它们等同看待。但那恐怕是一条歧路，因为诗有两类，一类是虚幻的、骗人的和致命的，如同希望也分为两类一样。

　　我首先想到的是某种全然的拒绝。当我们要像某个遭到不幸打击的人那样"承担起自身的责任"时，当我们要对某个缺席的存在、对愚弄我们的时光、对形成于内心——在场的或谅解的内心，我也不知是哪一个——的鸿沟发起挑战时，我们就像抵达了某个保护地一样抵达了话语。在我们看来，词语有如其命名之物的灵魂，是其始终完好无

---

① 《诗的行动与场域》（*L'acte et le lieu de la poésie*）系博纳富瓦在哲学学院所做的一次演讲，首次发表于《新文学》1959 年 3 月 4 日第 1 期和 3 月 11 日第 2 期。

损的灵魂。若从其对象中将时间和空间这些被我们剥夺的范畴剔除后，其自身的负担减轻，便能在不戕害自身珍贵本质的同时，把我们渴望的东西还给我们。正因如此，但丁才把他失去的命名为贝阿特丽采①。他在这唯一的词语上唤起他的观念，他要求节律和韵脚尽可能使用一切庄严的语言方法，以便为其搭建起一座平台，营造出一座她可以在场、可以不朽和可以回归的城堡。一首完整的诗，为了更有力地捕获它之所爱，始终会寻求挣脱这个世界。这就是诗会如此轻易地变为——或相信自己会变为——某种认知的原因，因为焦虑的思维会与其自然属性分离而将自身禁锢于绝对之中，只能靠类推去理解事物之间的关系，并热衷于标记出它们之间的"应和"关系及其和谐之外的、毋宁说是幽黯而交互的痛苦。这种认知是怀旧之情的最后一道屏障。它在失败后来到诗中，它能确认我们的不幸，但那种模棱两可——那是它骗人的诺言——却要当着我们的面维系失败的现状甚至未来的状态，而这一未来却是我们苦苦守望却又迷失了的。这便是兰波那首最具"幻想力"的诗《记忆》("Mémoire")所要传达的精神：

---

① 贝阿特丽采（Béatrice），拉丁语中一个女性的名字，是但丁在其《神曲》(*La Divina Commedia*)和《新生》(*La Vita Nuova*)等诗作中讴歌的女性，其本义是"受过祝福的""充满美感的"，后成为诗人理想的化身。

阴郁如水的眼眸，我够不到这玩具，

哦，停泊的小舟！哦！手臂太短了！不是这朵

也不是那朵……①

哦，停泊的小舟！哦，手臂太短了！在他的自白中，我听到这热忱的声音再度沉寂，摆脱了对这声音熟知或深信的一种自我观念，那是它的本质，是它神圣的一面，是弱化了的切身感受。在本质之诗的城堡中，当虚弱以如此典型、如此纯粹的方式坦承它再也不渴望迷失时，灵魂便摆脱了尘世的羁绊并希冀借此获得救赎。

这首诗忘却了死亡。但人们仍心悦诚服地赞叹说，这诗是神圣的。

的确，当众神存在且人们信仰众神时，这种精神活动并非没有幸福感。我们曾经爱过并逝去的一切，在神圣中自有其位置。水泽仙女带来了尘世之水。尘世间的一切碰撞、一切惊恐便在某种智慧中消融，或者说，倘若人们重视死亡——我指的是为死亡而焦虑时——人便会同已死之神一同死去。在众神中当个诗人是很惬意的。而我们众人却是在众神之后才到达的。既然再无上苍神助来保证诗的嬗变，我们当然应该追问一下这种嬗变的严肃性。

---

① 译文引自兰波著，何家炜译：《灵光集：兰波诗歌集注》，北京：商务印书馆2020年版，第133页。

这便又重新回到了这样一个话题：我们对什么感兴趣？我们究竟重视些什么？我们是否拒绝已逝之物的传播而自我封闭于语言的城堡，就像爱伦·坡小说中的那个远离鼠疫肆虐之国的国王？或者说，我们是否因为他而喜爱上了那个已逝之物并愿不惜一切代价重新获得它？我当然不相信违心的回答。但我不怀疑现代诗——没有众神之诗——应当知晓它的渴求，以便在洞悉一切的前提下评价词语的能力。若我们只是希冀以占有为代价从虚无中获得救赎，或许词语便足够了。马拉美曾经思考过这个问题，或者说他还曾做过假设。但他无尽的诚实遮掩了这种努力。

二

不过，马拉美毕竟做了大量正本清源的工作。他在行动中关注虚无，关注无限，关注偶然，他曾以不妥协的精神、无疑也曾以决绝的方式赞成抛弃掉几乎所有一切。被抛弃掉的是一些假象，是不值一提的欢愉与情感，因为从中找不到任何真实去建立新的国度，而只有事物毋庸置疑的形式才应当在这个国度里存在，它是在死亡中幸存甚至被抹去了记忆的——这似乎正是词语恰巧兼具的神秘能力所创造出的那种近乎震颤的消亡。马拉美只想拯救存在的内核本身,但既然看起来词语只能与之同在方能有所创造,他便真的相信词语无所不能。若真有某个造物主听任黑暗去侵蚀世界,那就要靠语言去重振已失去的事业。尽管句法无力,但语言仍将尝试以其清醒的耐心和谨慎,通过冒险和迷途而逼近清晰,使已成为巨轮残片的本质最终能成为内在的"观念",使"文本"能成为我们之中接纳语言的神圣场域。诗应当拯救存在,再由存在拯救我们。马拉美毛遂自荐担此大任,难道是他妄自尊大么?不是的,因为他厌恶虚假的满足,因为他爱诗,因为他有情感,他的责任感最终使他承担起了这一使命,至少是为了还语言以真实。

因为马拉美达致的唯有真实。

语言不是言语。我们的句法无论怎样被歪曲和改变,永远只能是不可能之句法的隐喻,只能意味着放逐。这并非句子中本应表现的"观念",而是我们在疏离肤浅的语言,可以说,这就是我们的思考,是我们对放逐的确认。更糟糕的是"观念"本身只识得自己,它只通过自己再造自身,它无视常规或情感的纠结,只一味以如许之纯粹、如许之冷酷强迫诗人,致使诗人在创作之初便不堪忍受这一"灵感",而在往昔的诗中,这种灵感至少曾为心智的焦虑哺育过激情。这便是马拉美给予机遇那个著名救援的意义，这机遇虽被某种强势所弃，却令我们所有人携手致力于诗的创造，这是为了"痛苦"——这个诗人的"著名的女伴"、为了某种准虚无的事物所做出的牺牲，其一旦确定，便化为乌有，与我们再无干系；它是一种无价值的虚浮，或像有人所说，只是一团糟粕，是某种意愿下沉闷的义务，只为了解除与最初的龌龊之间的关联。马拉美的诗是战败了的存在，是连串的冲动，是不竭的热望。他在其宏旨规划之初就曾致函卡扎利斯①说："幸亏我是彻底地死了。"这无疑就是浸礼会那种死于尘世重生于天堂的古老观念。反正马拉美没打算踏进存在的门槛，也未流露一己苦恼和渴望理解的初衷。可这种仅留赠给逝者的善意又能价值几何呢？

斯特凡·马拉美指明了古老的希望运动的失败。在吞噬一切的虚无话语中，人简直无可逃遁，自从《骰子一掷取消不了偶然》②这首诗阐释了这一不可补救的憾事以来，

---

① 卡扎利斯（Henri Cazalis，1840—1909），法国医生，象征派诗人。
② 《骰子一掷取消不了偶然》（*Un coup de dés jamais n'abolira le hasard*）是马拉美在其晚年（1897年）创作的一首"别出心裁的自由诗，也是马拉美最令人困惑的一首诗。这首诗的文字排列非常奇特，它有时呈楼梯式，有时一行只有一个字，有时一页只有一个字或几个字。马拉美企图描画出思维同混乱的宇宙接触的历程，他力图洞穿宇宙的奥秘和法则。这个历程也是诗人将字句写到纸上、寻求能够表现现实的语言结合的过程。这首诗无论在语言、诗句，还是在韵律方面，都大大革新了诗歌创作，直接迈向了20世纪的诗歌"。参看郑克鲁：《象征的多层意义和晦涩——马拉美的诗歌创作》，原载《复旦学报》1995年第6期。

人们对此不再一无所知。而那些希望逃避的人，就如我刚才提及的那些想要在虚无中救治对象而非生命、害怕迷失却并未迷失的人一样，在那个危险的国度，我们所有人都被语言的避风港拒之门外，而让众多大诗人不怿的"预感"则将重获意义与威权。

三

因为，历来如此，尽管有其宏图伟愿，诗仍在其密闭的居所中与某种陌生存在的情感厮守，或许那是另一种救赎，另一个希望——总之是一种奇特和难以言传的快乐。

而实际上，鲜血、死亡、伤痕累累的克罗琳达①、欧律狄刻②或垂死的费德尔，那些不幸的、被剥夺的和永诀的场景，其魅力怎能忘怀？牧歌之外，诗对于飘忽而苍白之物的迷恋，似乎就是永恒之树下人们渴望忘却的无限的幽

---

① 克罗琳达（Chlorinde）是意大利诗人塔索（Le Tasse，1544—1595）的长篇叙事诗《被解放的耶路撒冷》（*La Jérusalem Délivrée*）中的穆斯林女战士，与十字军骑士唐克雷蒂（Tancrède）相恋。
② 希腊神话：欧律狄刻（Eurydice）是太阳神与艺术女神之子俄耳甫斯的新娘，她被毒蛇咬伤后死去，俄耳甫斯闯进地狱去寻找自己的爱妻，冥王和冥后为他的真情所感动，遂令欧律狄刻复活。

灵，对此又怎能不重新认知呢？真实就是存在于伟大作品中的暧昧。正是在这一点上，在所有建构和所有自诩永恒的城堡中，这些作品与一座神殿、一处神的住所能如此深刻地相像。神殿正是如此，它通过比对和数量，通过形式上必要的缩减，同样希望在险境中建立起律法的安全。我们在其间躲避不确定的事物，逃避水晶般永恒的阴影。但在神殿、祭坛或地下墓穴的奥秘中，仍存在着无法预知的事物。尽管那仅仅是石像上的一道反光，却会在对称的中心再次掀起一场风暴，就像在光线的包围中凿就的一眼深井，以重新发现这一场域深不可测的井底。

礼赞幽暗是所有作品的必然。但诗往往不承认、不自知、不同意将自由和名义赋予其礼赞的神秘力量。拉辛的作品便是如此，我想以他的作品为例，说明处于中心区域的这些高尚场域里虽然霹雳不断，但其在对称的结构中却表现出某种难能可贵的宁静。

拉辛的拒绝中有着怎样令人赞叹的和谐啊！我们还从未见过如此谨严的韵律，如此尊贵的词汇，如此纯粹而克制的含义。再不能说它只适合不可改变的结构而不适合有悖真实的词语。就神权而言，拉辛笔下的人物都是超然物外的。或不如说，在一昼夜的舞台上，人物仅存在于每一事物的样本之中，这个样本在身旁代表着他，以便他能超然于时空，去完成内心王国必不可少的行动。在这儿，死亡仅仅是所有伟大行动的断句。在这儿，死亡仿佛从幕后掠过，在瞬间以鸩毒干净利索地完成了行动——而当某个幽暗而尚未成形的事物显露时，就像萦绕于费德尔的思绪那样，死亡之虚无的效果是难以企及存在之胜利的，因为费德尔临终前曾呼喊过要把"她全部的纯洁"奉还给白昼。看起来，拉辛式的英雄之死是为了简化世界，是为了使存在更形显赫，是为了向某种宫廷的神圣概念献身，但在太阳的荣耀光芒中，这一概念支配不了多少面孔。而如此抽象的死亡，又蕴含着何等可怕的重要性啊！似乎是为了加快节奏而将死亡简化为纯粹的行动，似乎是人的精髓摆脱了苦难后显露出的不稳定的躯体，而躯体的出现只是为了消失，一言以蔽之，似乎本质如果不能永恒地自相毁灭就不能共存，似乎拉辛的直觉和最大的渴望就是在这个夕阳西下的花园里，所有的角色都是静止的，一动不动，只等候着瞬间的死亡。在《贝蕾妮丝》[①]里，那些清醒、慷慨、完美的人便是如此，其最初的词语就是听任不幸的肆虐。

---

① 拉辛悲剧：犹太公主贝蕾妮丝（Bérénice）天性聪慧，姿色倾国，令罗马帝国皇帝提图斯（Titus Flavius Caesar Vespasianus Augustus，39—81）一见倾心。但罗马元老院和民众反对皇帝迎娶这位貌美的异国公主，这让提图斯痛苦不堪，他必须在江山和美人之间做出选择。最终，提图斯泪别心上人。

在《伊菲耶妮》①或《费德尔》里同样如此，那些致命的遗传，那些乱伦的血脉，一方面看，好似伟大的祖先们显形于遥远的辉煌，坦承着他们的不安和罪愆，从更深层次看，又好像时间的维度只能背叛某种物质的存在，而诗却相信能与缥缈的苍穹在此相逢。拉辛在透明的水晶之美中窥见了一丝阴影而终于不再熟视无睹。这很可能就是他那个著名的缄默的理由之一。难道不是他试图把阿尔克斯提斯②搬上舞台，难道不是他在战胜死亡时受挫么？

但在此期间，他无疑是以自认为罪孽的全部激情接受了令他惊悚的黑夜。他以一种愉悦的庄重谈论起摧毁他之所爱的那个东西。他几乎是在话语诞生之日便引入了与白昼迥异的清晰，即便他思考的这一死亡不真实，也唯有经否定的方式才能明确表达，显然这是一种不合逻辑的存在，是从永恒而深邃的客体中被分离出的一种失去的东西，那就是在我们的天空下的逝者。在本质世界的中心，死亡仍保持着构思中的状态，就像看不见、未到场的事物。于是

---

① 拉辛悲剧：希腊联军进攻特洛伊时遭遇顽强抵抗，首领阿伽门农（Agamemnon）听信巫师的建议，召自己的女儿伊菲耶妮（Iphigénie）到军前，谎称要把她嫁给阿喀琉斯，其实是要把她祭献给天神。最终，暗恋阿喀琉斯的爱丽菲尔（Eriphile）被祭献，伊菲耶妮在祭台上自杀。

② 欧里庇得斯悲剧：弗里城（Phères）国王阿德墨托斯（Admète）患了不治之症，王后阿尔克斯提斯（Alceste）愿替丈夫死，两人偕赴冥界，遇大力神赫拉克勒斯（Hercle）而得救。

我思忖着，在这个被称为阳光普照的世纪，在吱吱作响的沙滩上，人们走近了那个关闭着的橘园。我把这橘园视为象征的钥匙，视为本时代的潜意识，在橘园奇妙的拱架下，巨大的窗子面向存在的太阳敞开，没有任何阴暗的角落，到处生长着样本式的花朵和植物，表明这就是马拉美式的花园——然而，一旦夜幕降临或在黑夜的回忆中，园中则充斥起某种献祭般的淡淡的血的味道，预示着这里迟早会有某一深刻的行动发生。法兰西橘园是黑夜的索引，是拉辛认定的"千万条坦途"之一，甚至就是那个"缺席的自我"，而古典诗歌本身虽近乎自知，却鲜有行动，还期待着某种直觉能够去完成它，基于这一理由，它必将对今后的诗歌产生必不可少的魅惑。

四

应当亲临这个橘园，并将自己的前额抵住幽暗的窗子。在这个本质的园子中，我见到了一个少年波德莱尔。

我想说，是波德莱尔完成了古典韵律学所期许的行动，确切地说，是古典韵律学一如既往地实施了这一行动。因为，依克尔凯郭尔的理论即某种"心灵的纯粹"而言，在即将存在之物的旅途中，人们会不期而遇，尽管克尔凯郭尔并未言及最本质的直觉，并未谈及那个单一性的古典焦虑。拉辛的话语观同样是要简化意识，使我们依附于某种无疑是最为严峻的思想，而在伪浪漫主义泛爱这个世界上的所有造物这一荒谬的关怀之外，是波德莱尔重新揭示了关键性的贫乏。他的韵律中有着与拉辛作品同样毫无变化的灵魂。简言之，当拉辛将单一性设想为一个完美且无限遥远的球体时，波德莱尔却在感性之乡的心灵中，在意识和自我之外陪伴着它——或找到了它。我可以举《天鹅》一诗①为例。就在马拉美通过《希罗底》②最后一次尝试中止人情味的善举，以使其连接起天体并在观念上解答拉辛的女主人公缘何阴郁如故时，波德莱尔却以一位远处的过路女子替代了古典的原型，那是一个真实的女人，虽素昧平生，却因其脆弱的本质、偶然而神秘的悲伤而备受推崇。波德莱尔并没有创造这个安德洛玛刻③，他"想"她，这意味着非意识的存在，在这个冒险的主题中，这一简单举动的价值胜过了精神上的家园。我们还看到，围绕着那个受伤的女人，在被她唤醒的同情之中，这个世界非但未像从

---

① 《天鹅》(*Le Cygne*) 是 1861 年第二版《恶之花》中的第 89 首。
② 《希罗底》(*Hérodiade*) 是马拉美的代表作之一，创作于 1864—1867 年。
③ 安德洛玛刻 (Andromaque)，希腊神话中特洛伊英雄赫克托耳 (Hector) 之妻，以温柔善良、勇敢聪慧著称。

前那样自我隐退或像煽情的诗歌那样无病呻吟，反而向一切被遗弃的生命敞开了胸怀，在波德莱尔笔下，那些"俘虏""战败者"甚至流放者悉数到场，至今令人费解，难以再现。天鹅遭弃于此，它很惊奇为何出现于此地，对诗人来说这是个谜，总之，他内心认定自己就是那只天鹅且注定走向死亡，虽痛苦至极，但他仍有能力让这首有悖常理的歌长存心中，于是，那只天鹅便首次作为独特的存在，在一首它在其中行将死去的诗中，以一种至高无上的方式被重新认知。这便是"此地"与"此时"，是某种极限。但愿在一个纯粹而剧烈，同时又动人和引发思索的危机中，诗能够不断有所发现。因为这正是诗期待已久的、最终为《恶之花》的作者完成的创举，它首先是一个爱的行动。波德莱尔说他

感怀失去的人永不能
永不能相聚！

他对自己断言说，唯一的、无法替代的真实，便是"那件事"或"那个人"的存在，而假如他永远以同样的激情和同样的急迫献身于词语，就是为了在不忘迷惑我们的同时，让词语令我们飘飘然，但并非真实的拯救。

因此，在赋予尘世以无上价值之时，在死亡的天际经

由死亡竖立起存在之时,我有理由说,我相信波德莱尔之发明死亡,是在他洞悉了拉辛秘密热爱的死亡并非观念的简单否定之后,那是"存在"在场的深刻表象,从某种意义而言便是唯一的真实。波德莱尔将寻求让这个绝对表象对诗开言,这是向话语之窗刮起的飓风,是被整个死亡神化的"此地"与"此时"。这是一件不讨好的新差事。因为人们会坦然相信黑格尔曾说过的话,即话语在现时中将一无所获。"此时,正是黑夜",如果我打算挑出一些词语来表达感受,它便马上化作了一个画框,而存在却已不见踪影。我们认为最栩栩如生的肖像脱去了范式。我们最私密的话语变为游离于我们自身的传说。难道连最喜欢的事也不许我们说么?但波德莱尔至少曾借助被反复诟病的所谓"凑韵"方式进行过尝试(况且,所谓"凑韵",是对古老而封闭的韵律学唯一有效的回应),通过他对话语峭壁的沉闷打击,通过完美形式的分崩离析和他所倡导的未来诗歌的"美"的结局——无论其自身,或许也无论我们——都使人联想到,在奉献给宇宙的词语中,存在的翅膀正飞掠而过。

五

波德莱尔做得更多。我认为是他自己选择了死亡——他在躯体里呼唤死亡，在死亡的威胁下生存——以便在自己的诗中更好地斟酌他于话语极限处瞥见的虚幻事物。作为死去、已死、已死于某个此地和某个此时的那个人，波德莱尔已无须再去描写某地和某时。他已与之融为一体，而他的话语中从来都有其存在。

而我，我是相信这个在语言中达到了在场程度的渴望的，这渴望近乎得到了满足，它意味着理解力应当在爱中消失，因为爱远比理解力伟大，即便这渴望是"苦涩的知识"，是致命的和失望的认识，只能以怜悯或遗憾为家。

但是，若要诗成为这类斯多噶式的东西，在波德莱尔作品中经常觉醒的、最接近死亡对象的怪异欢乐，其意义又何在呢？在《基西拉岛之旅》中，在《腐尸》或《殉情女》[①]中，他谈论的无疑都是些最恐怖的事，都是生命的存在中最残酷的罪戾，而诗人却以一种并不残忍的炽烈喜悦来表现它们，且绝对不排斥最严肃的怜悯——那正是一种有活力的开端。在这突如其来的狂热中，实际上没有人能

---

① 《基西拉岛之旅》（*Un voyage à Cythère*）、《腐尸》（*La Charogne*）和《殉情女》（*Une martyre*）是1861年第二版《恶之花》中的第116首、第29首和第110首。

想起陀思妥耶夫斯基①和舍斯托夫②面对过于沉重的现实发出的哀号。波德莱尔创作过《无法救治》与《无可救药》③等诸多诗篇，他在诗里承认失败，他动员起全部力量思索，并始终在终极疲惫中行动，他在痛苦中似乎瞥见了一缕微光，尽管这一死亡对象仍具有深刻的不稳定性，但仍被他视为一种"善"。正如他以令人赞叹的精准所述说的，这就是那轮"新的太阳"；人们可以在他作品的晨曦中追寻光芒——不过更应该注意到，他既不愿或不敢更完美地认知它，也不提出任何问题，反而像谜、像一个永远迷失的秘密、像一个悔恨那样去容忍它。我不怀疑——我也愿意在自己的研究中写出这些词语——波德莱尔在内心中，甚至在死亡中（因为他已经死了）早已预知他是能够成为我们的救赎的。从诗的必然性出发，我们迟早会重提这个问题，并尝试建立起激情的玄秘，创造出一种认知。是他，波德莱尔，早已给一位虚构的过路人或童年的天堂留下了神秘行动的特权。

---

① 陀思妥耶夫斯基（Dostoïevski，1821—1881），19世纪俄国作家，代表作是《罪与罚》，其文学风格对20世纪的世界文坛产生了深远影响。

② 舍斯托夫（Léon Shestov，1866—1938），俄国思想家、哲学家。

③ 《无法救治》（*L'Irréparable*）和《无可救药》（*L'Irrémédiable*）是1861年第二版《恶之花》中的第54首和第84首。

《"我从未忘怀，在离城不远……"》①，这首波德莱尔最美的诗篇之一，诗中的那所小房子难道不正是某种现实版的风水宝地么？那种晶莹纯洁，那种动人心魄，那种"黄昏中一缕斜晖华美绚烂"，它熟知逝去的每一天，如今又洒在"粗糙的"台布上，不正是我们最纯情和最实在的待客场所么？此地，或此时，还有那个最殷勤的女佣，那是《恶之花》中的另一首诗，就是被我称为姊妹篇的《那善良的女佣……》②，诗中可见旧式祭仪中的女祭司痛斥对她的遗忘。

意识的黎明中存在着善，随后却被理性所葬送，这是一种昏睡的状态。

波德莱尔作品中被压抑的表白一经发声，便再也没有停止流传。我们毫不怀疑，正是经由波德莱尔，兰波——要么就是出于他自己执着的追求——才起码掌握住了这一观念，即诗有能力令他自己满意。他再不愿怀疑诗能化作实际的行动，他一点也不认可那种以幻觉自娱、满足于吟

---

① 《"我从未忘怀，在离城不远……"》(*Je n'ai pas oublié, voisine de la ville...*) 是 1861 年第二版《恶之花》中的第 99 首，是诗人对幸福的童年生活的回忆：波德莱尔的父亲亡故后，孀居的母亲与他在巴黎市郊讷伊（Neuilly）的一所小房子里曾度过一段短暂难忘的时光。下文中"黄昏中一缕斜晖华美绚烂"是该诗中的一句。
② 《那善良的女佣……》(*La Servante au grand cœur...*) 是 1861 年第二版《恶之花》中的第 100 首。

咏一己之苦的传统诗歌，如他所说，那是一种"主观的"诗，他相信诗除了场域和形式之外，需要时还应当完成由贫乏向某种"善"的转变。兰波不如波德莱尔渊博，也不具备波德莱尔那样的炼金术，依我所见，是他没有更接近真实，不知道如何衡量深邃却透明的真实，因为他的内心里有个缺乏爱的童年。但正因如此，他才要求得更多。多亏有了他，我们才知道并"真正"懂得了：诗，应当是一种方法而非终结，我们应当尽可能多地满足诗的需求，况且这一需求和渴望又是那么惊世骇俗。

六

若以为继兰波和波德莱尔之后，诗理解了他们的苦衷或继承了他们的精神，那是不真实的。情形恰好相反，诗似乎胆怯了；它宁肯听一句悲观主义的话语，兴许在马拉美的作品中是有的，但无论如何，那是在现代的巨大空间里，在"死亡"的天穹下的话语。这是一种双重的危机——或可称为唯一的危机——它在推销一个虚空之世界的遗产。假如任何神明都真的不再神化这一创造物，尽管它纯属物质，纯属偶然，为何不本能地趋避它呢？既然某种基督教在神圣观念的末日早已着手并完成了自然与存在的分离，那么对存在怀有戒惧之心的清教主义是有可能复辟的。在当代最伟大的诗人的作品中，悲观论与怀疑论将共存，同时还渴望制订规则，以便收回既存之物。早为波德莱尔抛弃的那个虚幻的家园，如今又会人满为患。但这次却不再是为了拯救存在，而是为了在某个神秘、僵化、纯形式的行动中拯救它自己，我将其称为暴亡。

坦诚地说，我现在得承认：首先，我对马拉美的这些规则是心存疑虑的，因为这些规则范畴不同，想法各异，大师的结论早已被偷梁换柱。如瓦雷里，他为了心境的平和，为了忘却希腊悲剧的理性，曾费尽心力地去发掘诗歌创作的法则。如克洛岱尔①，则被一系列事物的正统观念所束缚。的确，那些精力充沛、思维敏锐的人，他们伟大的精神——准确地说，是他们的"个性"——伴着他们被非难的行为和他们的威望及潜在的做作，构成了消极唯心主义的深厚渊源。缺席便在此地创造性地凸显了。一时间，它充满诱惑，逃避了真正的激情和真实的感受。与之相反的是，在当今这个对赋予个人表达方式的智性权利或特权缺乏鉴赏力的时代，有价值的东西常自我定义。集体创意的超现实主义怪诞渴望曾经出现过。20世纪最好的诗曾经

---

① 克洛岱尔（Paul Claudel，1868—1955），法国诗人、剧作家、评论家和外交官，法兰西学士院院士。

出现过,在诗里——我想起冰川、荒漠和失传的手艺,还有几个瞬间,我想起了枯石或雾霭——被描绘的对象像海浪一样凹陷下去,如光芒中的一道火焰与自身分离,以申明在它与我们汇聚的瞬间,我们在本质上是何等变幻无常。其次,要关注最隐晦层次上的话语。最后,或许尤其要注意对年轻诗人们的作品特别是对其中的"本我"意图的准伦理结尾进行一丝不苟的审查,这个"本我"屡屡无据断言,无信仰写作,这是不对的。对这些作品只有以谨严和审慎至极的态度,对其心灵和呼声进行查验后才可接受。他们营造出的是一个光秃秃的平台,是一个自信妄为的平台,继而重新虚构出某些基本动作,在绝对惶惶不安的生活中、在连绵不绝的冰冷黎明里连接起我们和那些事物。于是在今天,诗又重返某种深刻的现实主义当中。这种现实主义并非——还有必要说么?——那些新小说的详尽脚本,有人告诉我们说,那叫"客观",但却只闻其声不见其人。当再无渴望、漂泊或激情时,甚至连风和火都不再真实时,缺席的家园相较于这个世界就太大了。假如只为在事件或事物中去搅打主观的鲜血而真的去摧毁神的运转,这便是摧毁上帝的最终后果,同时也是对无神论的危险辩驳。

《奥特兰多城堡》^①中，宫廷里的那顶硕大的古怪头盔、客厅里的那只巨型铁臂，早已意味着人们面对被自己遗弃的世界、面对缄默存在的真实对象的神秘出现所表现出的惊诧。而那种从宗教角度被剥夺的可能性——那是在我们的良善中最可宝贵的东西——突然转变为纯粹的高潮……现代诗的困难，就在于它应在同一瞬间以基督教并以自身为代价定义自己。因为波德莱尔式的创造——为了重返决定性的真实瞬间——波德莱尔创造出的"这个"人或"那个"物完全是基督教式的，就如同在本丢·彼拉多^②囚禁下受难的耶稣一样，他将尊严赋予了某一场域或某一时刻，

---

① 《奥特兰多城堡》(Le Château d'Otrante)是英国作家贺拉斯·华尔浦尔(Horace Walpole, 1717—1797)的作品，被誉为西方第一部哥特式小说：奥特兰多城堡的主人曼弗雷德为延续家族的统治权而焦虑万分。他处心积虑地抢来美丽的姑娘伊莎贝拉，让患病的儿子康拉德同她结婚生子，以确保家族有个男性继承人。不料康拉德猝死，使这一计划受挫。于是，他又决定遗弃现在的妻子，强行迎娶本来要给他当儿媳的伊莎贝拉。在相貌酷似原城堡主人阿方索的青年农民西奥多的帮助下，伊莎贝拉逃离城堡，但西奥多本人却因此被怀疑杀害了康拉德而遭囚禁。这时，早已爱上西奥多的曼弗雷德的女儿马蒂达设法给了西奥多自由。正当马蒂达和西奥多来到圣尼古拉教堂阿方索塑像前祈祷时，曼弗雷德又误将自己的女儿马蒂达刺死。最后，一切谜团解开，曼弗雷德招认了自己以及祖先杀人篡位的罪恶。真正的继承人西奥多接管了城堡，并娶伊莎贝拉为妻。
② 本丢·彼拉多(Ponce Pilate, ？—41)，公元26—36年间罗马帝国犹太行省的总督。据《圣经·新约》记载，他曾多次审问耶稣，原本不认为耶稣犯了什么罪，但仇视耶稣的宗教领袖们坚持要处死耶稣，他便叫人端来一盆水洗手，表示自己对此事不负责任，但仍判处将耶稣钉在十字架上。但除《圣经》的记载以外，没有任何第三方历史文献记载他曾审问过耶稣。

那便是每一个真实的存在。然而基督教对特殊的存在仅能肯定片刻。基督教引领造物沿上天之路走向上帝，这就是从绝对价值中被再次剥夺的"既存之物"。

有鉴于此，为了完成波德莱尔式的革命，为了稳固游移不定的现实主义，就应当同时完成对宗教思想的批判，因为我们都是其继承者。为既存之物指明方向的责任——那是每一部作品被剥夺的命运——这个任务如今已成为双重的责任，如果可能，就应当完全而尽早地重新思考人与这些"无活力"的物或"遥远"的存在之间的关系，神降的灾难今后有可能使我们遭受除物质而外一无所有的困境。

换言之，应当重新创造一种"希望"。在我们靠近存在的那个秘密空间里，我不相信只有真实的诗才是我们今天所要寻找的，我也不期望求索到最后一息才能建立起新的希望。

七

T. S. 艾略特的《荒原》①创立了现代文学真正的神话。但艾略特本人却昧于承认或不愿承认,真有些自相矛盾。

我们如今已知道这片荒原意味着什么,魔法使泉水枯竭,令田野颗粒无收:我可以说,这便是"已实现"或已抵达的真实,是心灵未问究竟便已接受了的那个东西。那是本质的场域和认知本质的场域。人将沉沦于悲惨的未来。高尚的生活是否会因失望而沦丧?如果相反的反而是真实的,如果这种形而上的贫乏只是某种"百无聊赖之冷漠"的后果,该当如何?难道说,在渔王②的城堡里,一次拷问就足以破解魔咒么?

这毋宁是质疑而非回答的提问,已然是概念思维的光荣。这是一切思想的光荣。"西方"以俄狄浦斯为开端的确

---

① T. S. 艾略特(Thomas Stearns Eliot, 1888—1965),英国诗人、评论家、剧作家,诺贝尔文学奖获得者(1948年),对20世纪乃至当代文学都有极为重要的影响,被誉为"20世纪最伟大的现代主义诗人"。其代表作《荒原》(*The Waste Land*)创作于1922年,诗中大量用典,其最为著名的"荒原"意象出自亚瑟王传奇故事中有关圣杯的传说:亚瑟王的乱伦罪行遭到报应,其国土变为一片荒原,急需圣杯的拯救。该诗以历史烘托现实的感受,写出了现代人的空虚、厌倦和灵魂对拯救的渴望。

② 渔王(le Roi Pêcheur 或 le Roi Méhaignié),亚瑟王传奇中的人物,是守卫圣杯家族的最后一名骑士。

很糟糕。

而我脑海中还有另一个问题。那是个最基本的问题，针对的是"在场"而不再是万物的性质。我们心中的那个理性的帕西法尔[①]是不会自问这些物或这些人是做什么的，也不会质疑它们为何会存在于被我们视为私宅的场域里或针对我们的感知会给予何种晦涩的答复的。他会惊异于容忍它们的偶然，他会遽然"看见"它们。当然，这一死亡、这一未名之物、这一容留和摧毁它们的"有限"，可能是在不甚清晰的认知首次萌动之际所认识到的……如今我提议，让我们对波德莱尔所热爱的尘世万物再跨出新的一步吧！让我们在他认为已关闭的门槛前，面对他痛心疾首的黑夜再重寻出路吧！在这儿，一切前瞻和规划已不复存在。虚无令对象衰竭，我们被卷入无影的火焰之风中。我们再无信仰可以支撑，没有形式，没有神话，渴望的目光已无望地闭合。但是，让我们在无形无我的天际伫步吧！我要说，让我们保持胜利的步伐吧！因为变化确已出现。原本愁惨的星空上，那最本原的雅努斯[②]正缓缓地转过头来——

[①] 帕西法尔（Perceval），亚瑟王传奇中寻找圣杯的圆桌骑士。
[②] 雅努斯（Janus），罗马神话中的天门之神。他早晨打开天门，让阳光普照人间，晚上又把天门关上，使黑暗降临大地。他的头部前后各有一副面孔，同时看着两个不同的方向，一副看着过去，一副看着未来，因此也被称为两面神或时光之神。

那只是刹那间——让我们发现了他的另一副面孔。在被毁灭的一切可能之上,有一种可能正在出现。《殉情女》那失神的鲜血,或"美好季节中那潮湿之夜的淡绿"[1],或其他所有真实的东西,或悲惨,或平静,在神圣心灵的瞬间,为了在场的永恒而飞升至此。我后悔当真正应该"言说"的时候,我竟使用了这种不精确的语言。可今后什么词语能不背叛我们呢?此地——始终是同一个此地——和此时,始终是同一个此时,我们离开了整个空间,滑向了时间之外。我们在"往昔"曾失落的一切,正静止和微笑着在光明之门重回我们面前。已流逝的和正在流逝的一切止住了脚步,那脚步便是黑夜。就好像视觉化作了实体,而认知变作了拥有——而实际上我们拥有什么呢?某件最深刻、最严肃的事情发生了,一只鸟儿在"存在"的沟壑中歌唱,我们触碰到了能止渴的水,但时光之帷已将我们缠绕进褶皱,瞬间的抵近重又变为放逐。我们确知波德莱尔给我们留有遗赠却失之交臂。我们当时真的就那么准备不足么?我们无疑就像那个找寻圣杯的兰斯洛[2],他来到一座小教堂,竟坐在门槛上睡着了,突然间,他看到夜色中的教堂被大火照亮,他看到圣杯在火光中穿过栅栏,他听到阴影中跃出的一位骑士高呼着"啊,我得救了!",而他,却依

---

[1] 引自波德莱尔的散文随笔《火箭》(*Fusées*)。
[2] 兰斯洛(Lancelot),亚瑟王传奇中寻找圣杯的圆桌骑士。

旧在远离上帝的糟糕的瞌睡中怔忡。

不过，失掉了这次机会后，我们再也不会如此麻木，再也不会自怨自艾，我们还有希望。若拯救为何物真的是一个有待知晓的问题，如果在同样的程度和近乎同样的时刻，在需要我们相信时怀疑在先，我们便总算收获了某种确信的惠赐，我们会知道除了对人类末日的思考之外，还有什么将成为我们据以建设的开端。从此以后，我们有了存在的理由，那便是这个突如其来的行动。至少应当预先重新找到一种责任和一种精神。我们所有自身的行动，那些迷失，那些衰弱，都应当变为呼唤。或者，不如将其重新认知为永恒而深刻的呼唤，不然的话，我们为何会喜欢空旷而灯火通明的大厅，喜欢被风沙剥蚀的斑驳雕像和死气沉沉的回廊呢？这不就是人们常说的，而我们也在河畔苦苦寻觅的某种美么？不是的，那是我们与之共享的永恒。

话语亦如此。未知的话语同样在找寻之列。难道话语没有在古老战争中化为乌有么？很可能这一在场的行动——那可是波德莱尔式的诗歌消殒的光芒——同样是它的起源。至于我，我早已整装待发，在诗的未来，在创造的或回返的话语中，为走上那条独辟的蹊径，去狂热地肯定这个"此地"和这个"此时"，其实它们早已化为某个"那里"和某个"那时"，它们再也不会从我们身上被偷走，它们将在有限的时间中永恒，在阙如的空间里普适，它们是可想象的唯一的"善",是无愧于场域之名的唯一的场域。在现代法兰西诗歌中,也有圣杯的行列经过,这片土地上最生动的对象——树木,面孔,石头——都应当被命名。这就是我们的全部希望所在。

但我绝对忘不了语言在表述"当下"时的无能,这个困难尚未解决。它充其量还只是清晰的或鲜明的,因为我只是想在一些无言的词语中置入真诚。但愿"在场"在宇宙现身的瞬间,这些词语能捕捉到它并表述出来。正如我现在所做的那样,话语当然能够颂扬在场,歌唱其行动,为我们在精神上做好与之邂逅的准备,但还未应允我们去实施。话语已成遗忘,话语可能会导致我们的失败,总之会耽误我们与存在的相遇,对诗的这种自负,难道不该再惩罚一次么?

八

我想,倒不如重新认识一下话语的极限,并忘掉它可能会成为一个终结,而仅将其视为一种抵近的手段,视为在我们的管窥之下不会真的与本质相距太远的东西。道德的缺失可能是存在的,这就需要正视缺失,并由此达致富于激情的认知。若语言在"观念"上与"在场"一样无能，若其中一个在诗的词语中反光甚至蒙蔽我们，使我们看不清另一个进程中的有限与死亡，我们就必须了解它，并将我们清醒的焦虑转向简单的话语。我希望，诗首先是一场持久战，是一出重头戏，存在与本质、形式与非形式在此残酷厮杀。可能要运用多种方式。因为在这片真实的田野上，旧诗也并非没有遭遇过险境。积极的经验论必不可少，它将如实见证在稍许严肃的作品中，诗所有的"方法"是如何遭受重创而几乎一败涂地的。这样我们就会明白，词语是有能力置身于我们所有行动之前的。我们会重新发现，其生存能力、其非理性的所谓词语联想的无限未来，只是我们与最微小的实物之间、与所有深奥的主观性质之间——甚至与有形之物在某一不真实时刻之间——无尽联系的隐喻，我们将唤醒沉睡在稳定形式中的东西，这种稳定是虚无的胜利。同样，对韵律的简单寻觅也将遭到否定。形式美是理想世界的泽畔之梦。它经由一对音步来表达，但正是兰波在这种抽象和遗忘中带来了奇数这个硬伤。他放任了这种争斗，或许也是一种容忍，使哑音"e"成了隐秘的凑韵。在这种热望的双重征象之下，在诗歌构思的思维中，他使这种清晰最终得以实现。神话将述说死亡，或承认是它们蒙蔽了死亡。观念的历险终于可以启程。"观念的假设"——或不如说是我们疯狂的渴望——将在诗的空间里汇聚起我们的认识和概念,明确表达出原本如此的神话,并将经受尚未定型的衍射。而捕捉不住"在场"且被其他一切"善"所放弃的诗,则将在已完成的伟大行动中惶惑地接近那种"消极的神学"。在与原本如此的事物的关系中,当所有标记、框框和形式被争论和被遗忘时,除了等待词语的实体之外,我们还能做什么呢?

的确,在一首真正的诗里,只有这些漂泊不定的真实、不同类别的可能、既无往昔又无未来的元素存在,它们从未全身心地投入当下的环境,它们始终置身于那环境之前,并预示了宇宙所提供的一切其他事物——风、火、土、水——的到来。那是具体又普遍的元素。此地与此时,它们从四面八方乃至我们的场域和我们的瞬间的穹顶和广场上蔓延开来。它们无所不在,生机勃勃。可以说,它们就是被诗解救的存在的话语。也可以说,它们就是词语,就是一种承诺而绝非他物。它们现身于语言消极性的边缘,仿佛天使们在谈论一位未知的神明。

这就是某种消极的"神学"。这就是我从诗中所重新求证的、唯一的全部知识。

一种认知,无论它如何消极或不稳定,我或许都可以将其命名为"真实的话语"。它与某种程式截然相反。在任一词语中它都完全是一种直觉。当然,它也是一种"苦涩的认知",因为它确认了死亡。它使"在场"复位,它知道它曾退缩。它将重塑缺失的往昔，并使之再现生机。它没有为复苏的希望带来证据。不过，对于我们念念不忘的救赎，它真的无所作为么？难道真如我所说，在无天赋、无前途的人群中，诗仅仅是某种呼唤么？确实应当扪心自问，因为这正是我觉得并非无益的区别所在——或许唯一的救赎正藏身其间——假如诗歌的这种消极直觉属于所有人，对那些以写作创造诗意的人而言，只能徒增难以抑制和徒劳的渴望。

九

作为结论，我想说或许不是这么一回事。如果我们想这样做，那是因为我们对这个期待中的世界还有待认知，当来到这个创造话语的节点上，我们会发现自己已介入其中。此地，一切都未经详查，一切都未经研究，它喜欢的只是行动的在场，唯一有价值的前景只有绝对的当下，时间在此间蒸发，一切真实都有待于存在，同时也成为"过去"。在我们的构想中，已发生的事件作为死亡出示的证据，只是一个初始的或模糊的行动，它在幽深的未来控制着荣誉之身。而它也因此成为对我们的检验。假如我们违背了初衷，诗的行动最终只能化为乌有。出于尊重，我在诗歌的崇高时刻里干巴巴地讲出这个令人激动的事。真的，往昔和死亡，无论它们如何一目了然，无论人们如何敏锐地思考它们，它们都无法让热爱已失去之物的人屈服。爱好者可以把这些失去之物视为遗迹。虽然其中有些是无用的、不能拯救在场的东西，有些是本质早已分解、难以为我们迟钝的记忆所收藏的东西，但爱好者自会明白，他为何要如此珍爱地收藏起它们，就像为未知的未来准备的钥匙一样。爱好者会与词语相遇。因为词语也同样保存着那些已消失的东西。让我们好好把握住一切善的痕迹吧，而不仅仅只抓住实质。我们应当明白，它们同过去一样，也是对我们的检验，因为，鉴于将要开始的重述，它们会要求我们开始行动，而非简单的梦想。

它们要求我们行动。首先要设想一下深层次的问题，找出闪光与黑夜的矛盾。从逻辑上说（但愿大家允许我使用这一词语），就是要构思一个真实的场域。因为毫无疑问，若我们热盼的唯一的"善"在此地和每日的地平线上消失，若我们也同样毫无疑问地置身于混乱和分裂之中，为什么不能指望在这个世界上，在我们的律法之内，为我们重建另一处场域？那会是远离其他邂逅和孤独之战的另一处场域。此时，既然我们已发现游历、爱情、建筑和人们的一切尝试都无非是为迎候"在场"而准备的仪式，我们就应当让这一切在这个底蕴深厚之国的门槛前苏醒。要在拂晓的突变前大功告成。难道在某个地方就没有一团真正的火或一张真正的脸么？日光下，我几乎看见了这些宝藏，那是这个世界的某一天，是被拯救的一天，在这之后，若词语还有某种含义，那就唯有死亡。若还想刨根问底，最终便是那与常春藤的缝隙相谐而生并富有魔力的"善"了。

真实的场域是永恒不断消耗的碎片，真实的场域里，时光与我们脱节。我还可以这样写道，我知道它，它不存在，它在时间的天际线上不过是我们的死亡之钟的一道蜃景，——但"现实"一词现在是否还有另一层含义，它是否能在面向记忆的对象时让我们摆脱契约的束缚，而它自己却仍在寻觅？我断言，没有什么能比漂泊更真实也更理性的了，因为——还有必要挑明么？——它是无法重返真实之场域的。它或许可以近在咫尺。但同样远在天涯。这便是寄身于吾侪之瞬间的"存在"和可笑的"在场"。

真实的场域是"偶然"赋予的，但在真实的场域里，"偶然"将会失去它谜一般的特征。

对寻觅者而言，即便他很清楚自己已无路可循，他周围的世界也将成为一座符号的家园。最细微的客体和瞬间的存在都会出于善心，以绝对的善意唤醒希望。令我们感到温暖的火会说它并非真实的火。它的实体甚至可以成为证据。它在此地，它不在此地。这就是我曾说过的，那只是漂泊者们和做出某种允诺的天使们在真实的巨大空间中的再一次现身。在各类真实的场域之内，一些基本的实在性会发现已脱离了场域和瞬间；会发现其存在的属性少于语言的属性；会发现它们能携其周边出现的事物，和我们轻声谈论起不可预知的未来。拜未来之赐，我重新发现了这一点，即现实和语言已在重整旗鼓。而我要说，对真实之场域的渴望正是诗的誓言。诗自我赋予能量并成为起点。在等待的空间里，词语来到我们面前，但词语仅仅是等待和知识，诗将会知晓从我们大部分的邂逅中去分辨业已消失的本质及其警醒我们的含义。诗会依我们的心思发出天问。它会向所有路人提问。而当某些事物发现自身出现"缺失"，发现被召唤来的、最接近善的在场有消耗它们的征兆时，诗便会想起其苦心储备的那些钥匙，它会在其精心建造的记忆城堡里，在四散与重返之间，创立起词语的"灯火"或词语的"小舟"或词语的"河岸"。实际上，这些事物有如真实之场域的墙垛。而它们的名字将在诗中聚合，以形成某种心智，那是一种主观的心智，或是一种先于统一渴望的必要实体。这样，从我们对尘世之幽暗的可能的约束当中，从我们与既存之事物的关系当中，话语本身形成了智慧。当然，在我们的双向旅行里，我们是在向着更为知性的方向进发的，而非话语伺机引导我们前去的场域。我们的心灵应当为决定性的偶然保持警醒……诗人就是那个"点火"的人。话语的真实便是某种身临其境。当必要的实体剔透敞亮，明白无误地成为真实之场域的门槛，而同时又更不透明和更为怪诞、致使必要的实体总想趋避时，就要通过四散的偶然机会开始下一步，但应当是秘密的一步。那是某种光芒中的混乱，是水晶般的纯洁中的某些难以把握、黑暗且无形的东西。这就是词语为何会把那些随意和诱惑的文字——其中不透明的物质与澄澈的概念并存——呈献给焦虑之诗学的原因。当我说"一朵花"时，这词语的声音、它神秘的形状就会成为对谜的召唤。一旦透明与不透明结合起来，若有哪位诗人能写出"苍白的绣球花与绿色的爱神木相连"[①]，那我们就不应怀疑他可能已非常接近那扇回避的大门。当然，也可以说此人之诗"费解"。因为他唯一的对象或唯一的星辰已尽在不言中，尽管他仍在追寻更为丰富的词语。

诗仍在话语的空间持续求索，它的每一步探索，在再次确认的世界中都是可检验的。

诗正在经历蜕变，从结果到可能，从回忆到等待，从荒陌的空间到缓慢的进展，再到希望。若它能在谢幕时把"真实"交还给我们，我会说那就是传授宗教奥义的现实主

[①] 引自法国诗人奈瓦尔（Gérard de Nerval，1808—1855）《幻象集》（les Chimères）中的《弥尔朵》（Myrtho）一诗。

义。但对这个问题还能回答些什么呢？况且那还是我第一个提出来的。这就是将成为吾侪之命运的诗。因为到那时候，我们都垂垂老矣。话语的行动还将与我们的其他行动在同一进程中发生。在诗歌的危险和放逐的矛盾中，行动与其把其他生活赋予我们，还不如把这个生活赋予我们。事实上，假如我们不能抵达那个真实的场域，我们又能指望什么呢？

我思念那个希望最为明澈、痛苦最为剧烈的诗人。在19世纪的法国，那些人在最隐秘处勾勒出这种矩形，所有的思想都纠结于无限的折射之中，连他们自己也意识到了这一点。他像诗的化身，完全沉溺于这种无源之爱和尘世存在之中。但他渴望依旧，正直的心中对盼望完美的冲动仍葆有不可磨灭的情感。我把这种清醒和希望的结合称为"伤感"。在正义女神的世界上，没有什么能比这种强烈的伤感更优雅、更真实或更美的了。那至少是一个真正的诗人在倾囊相赠，而贫寒之中的给予则意味着上善。

长久以来，诗始终希望能寓居"观念"之家，但如人所言，它被赶走了，它一边逃离，"一边发出痛苦的哀号"[①]。现代诗离它可能的家园还很遥远。四面花窗的大厅始终将它拒之门外。形式在诗歌中被接纳还不是那么名正

---

① 引自奈瓦尔散文集《波希米亚小城堡》(*Petits Châteaux de Bohême*)。

言顺。但诗的机会快要来了,那至少是个机会(现在我很赞成这一机会),在长久的放逐中,诗已达至认知的程度,仅此一点便可开启"在场"的门扉。可真是历尽磨难。难道真有那么难么?能在山腰处瞥见夕阳下的一扇花窗,难道还不够么?

虔敬

一

难忘荨麻蔓和石头。

难忘"严肃的数学"。难忘每晚灯光昏暗的列车。难忘无垠星光下积雪的街道。

我前行，我迷失。可怕的沉默中，词语发现自己的前行之路布满艰辛。——难忘这些耐心而救赎的词语。

二

难忘"晚间圣母"。难忘幸福河岸上的巨型石桌。难忘聚而复散的脚步。

难忘奥尔特拉诺①的冬天。难忘飞雪和如许步履。难忘入夜后的布兰卡契小堂②。

三

难忘每一座岛上的每一座礼拜堂。

难忘加拉·普拉西提阿陵墓。狭窄的墙壁承受着幽灵的重负。难忘草地上的雕像；而且，它们或许如我一样，也没有面孔。

难忘瓦拉多利德主教座堂③灰色立面上的一扇被血红色墙砖堵死的门。难忘石头围成的巨大圆阵。难忘一个沾

---

① 奥尔特拉诺（ortr'Arno），意大利佛罗伦萨的一个区。
② 布兰卡契小堂（chapelle Brancacci）是意大利佛罗伦萨卡尔米内圣母大殿（Basilica di Santa Maria del Carmine）里的一座天主教小礼拜堂，以拥有多幅马萨乔创作的湿壁画著称。
③ 瓦拉多利德主教座堂（cathédrale de Valladolid），位于西班牙瓦拉多利德省的哥特式风格天主教堂。

满黑色死土的脚印①。

难忘卡纳韦塞大区阿列镇的圣女玛尔达教堂②。古老的红色墙砖言说着巴洛克式的喜悦。难忘林木间荒凉密闭的神殿。

（难忘这世上所有的神殿，迎接它们夜晚的到访。）

难忘在"数"与黑夜之间我乌尔比诺的住所。

难忘智慧圣伊夫教堂③。

难忘德尔斐④，死于此地可矣。

难忘风筝之城和那些能映射天空的大玻璃房子。

---

① 西班牙文：*paso*。
② 圣女玛尔达教堂（Sainte-Marthe d'Agliè），建于1730年，巴洛克风格，位于意大利卡纳韦塞大区阿列镇（Agliè, Canavese）。
③ 智慧圣伊夫教堂（Saint-Yves de la Sagesse）位于罗马圣尤斯塔奇奥（Sant'Eustachio）的里奥内区（Rione），建造于1643—1662年间，被认为是罗马巴洛克式建筑的杰作。
④ 德尔斐（Delphes），世界文化遗产，位于希腊福基斯（Phocide），有著名的阿波罗神庙。

难忘里米尼画派[①]的诸位画家。出于对该派之荣光的焦虑，我曾想成为一名历史学家。出于对该派之绝对的担忧，我会抹除历史。

四

终难忘，夜间的堤岸、酒吧，难忘言说中的那个声音：我是灯，我是油。

难忘因特发性狂热而力竭的那个声音。难忘槭树灰色的树干。难忘一场舞蹈。难忘随便哪两座能让诸神与我们同在的大厅。

[①] 里米尼画派（école de Rimini），意大利文艺复兴早期的著名画派。

译后记

翻译这部书稿源自一份感念：2014年初（其时我刚开始试译伊夫·博纳富瓦的诗论），我的老同学、旅法学者陈力川发来电邮，告诉我香港中文大学拟邀请博纳富瓦赴港出席"国际诗人在香港"活动——届时力川同学新译博纳富瓦诗选《词语的诱惑与真实》(Leurre et Vérité des Mots)亦将牛津大学出版社同步出版——虽然博纳富瓦很希望成行，因为对他而言，"诗意地栖居于香港，是所望焉"，但"因为老诗人已九旬高龄，不能去香港参加诗歌节活动，所以由我代表他参加"，并允诺回到法国后请博纳富瓦为我题字赠书。可想而知，能得到这位大诗人的签名赠书，我该是多么兴奋！不久后，力川同学如约寄来诗集，我迫不及待地打开，看到扉页上写着——赠刘楠祺：送上我最亲切的思念。伊夫·博纳富瓦……

大诗人的题赠，是我翻译这部《不大可能》的缘起和动力，我愿借拙译向他致敬。

博纳富瓦被公认为20世纪中叶以来最重要的法国诗人和著名的批评家、翻译家，他一生出版了二十多部诗集、三十多部散文集和文学艺术评论，其作品被翻译成三十二种文字，并多次荣获法国和其他国家的诗歌及文学大奖。

1971年，法兰西信使出版社将他1953—1963年间发表的随笔和演讲结集出版，名曰《不大可能》(*L'Improbable*)——所谓"不大可能"，按照博纳富瓦在该书献辞中的解释，当指"存在"——是我目前所见他最早的一部关于诗歌与诗人研究、绘画与画家研究的文学艺术评论集。书中收录了九篇文章，其中八篇对法国和欧洲文学史、艺术史上若干位重要的诗人（如拉辛、波德莱尔、兰波、马拉美、瓦雷里、吉尔伯特·莱利、T.S.艾略特等）和画家（如巴尔蒂斯、拉乌尔·乌贝克以及文艺复兴时期的绘画大师皮耶罗·德拉·弗朗切斯卡、杜乔、布鲁内莱斯基、马萨乔、保罗·乌切洛、安德烈亚·德尔·卡斯塔尼奥、达·芬奇、波提切利和拉·图尔等）逐一进行了点评，并借批评表达了他自己的诗学主张和艺术观点；最后一篇是一首散文诗，可视为全书的跋。

读者诸君在阅读中自会体悟这位大师对"存在"与

"在场"、"话语的真实"与"真实的场域"、"时间"与"永恒"、"此地"与"此时"等的深刻阐释。

《不大可能》思想深邃，文笔优美。译者才疏学浅，自愧译笔难以完全再现大师的精妙意境于万一，故冀望方家不吝赐教。

译者

辛丑年立冬日于京北日新斋